弘凪は上履きの底が
床に張り付いたように、
動けなくなった。
（！）
あれが、遥平の彼女？
時間が停止したようだった。

佐《さ》伯《えき》冴《さ》音《お》子《こ》
冬《ふゆ》川《かわ》古《こ》都《と》
向《むか》井《い》弘《ひろ》凪《なぎ》
相《あい》羽《ば》遥《よう》平《へい》

ダッシュエックス文庫

親友の彼女を好きになった向井弘凪の、罪と罰。

野村美月

C O N T E N T S

友人の彼女に思いを寄せることは、どこからが罪なのかと、弘凪《ひろなぎ》は最近考える。
どこまで赦《ゆる》されるのか。
どこまで見つめてもよいのか。
どこまでなら近づけるのか。
どれくらいなら、言葉を交わしてもよいのか。

それとも、心がどうしようもなく惹《ひ》きつけられてしまった時点で、すでに罪なのだろうかと。

一章 × 静かな失恋

「弘凪《ひろなぎ》！　オレ、彼女ができた」

親友の相羽《あいば》遥平《ようへい》に打ち明けられたのは、球技大会も中間試験も終わり、秋が深まりかけてきた十月の放課後だった。

そのとき弘凪は、遥平とストレッチをしていていた。バレー部の練習がはじまる前の体育館で、遥平が弘凪の背中にぐいぐい体重をのせながら、晴れやかな声で告げるのを聞いて、深くかがんだ体勢で、

「え」

と意外そうな声を漏《も》らした。

実際、意外だったし、まったく予期していなかった。

あの遥平が特定の女の子と彼氏彼女という関係になって、つきあうだなんて！

すぐには現実味がわかず、だいぶ長く沈黙したあと。

「……マジか」

CRIME AND
PUNISHMENT
IN THE CASE
OF
MUKAI HIRONAGI

自分よりほんの少し低くて薄い——なのに重量はしっかりある遥平の背中を押し返し、逆に体重をかけながら、最近また低くなった声で、息を吐くように尋ねた。

「大マジ！」

遥平の声は、スキップでもしそうにはずんでいる。

「って、相手は？」

「うちの学校の一年生！」

「同じ学校か！」

「ああ、クラスは別だけど」

「オレの知ってるやつか？」

「いや、多分知らねーんじゃね」

「誰だよ」

本当に彼女なのか？

気安い女友達じゃなくて？

と、弘凪はまだ疑っている。

いや、遥平が女子に避けられるようなアレな面相だとか、性格に難があるとか特殊な性癖《せいへき》の持ち主だということは、決してない。

その逆で、すべてがそれなりで目立たない弘凪に比べて、遥平のほうは涼しい風が吹いてきそうな爽《さわ》やかな顔立ちで、髪も明るくさらさらだ。身長は普通だが等身が高く、細身で足がすらりと長い。

なにより性格が気さくで、話しかたや態度に余裕があるため、昔からあきれるほどにモテていた。

小学二年生のときはじめて同じクラスになり、友人になったときから、女の子たちは遥平と一緒の班になりたがり、『遥平くん一緒に帰らない？』と下心満々で遥平に声をかけていた。

中学の卒業式でも、遥平のボタンはブレザーどころかその下のシャツまで一個も残っていなかったし、バレンタインデーではチョコレートを大きな手提《てさ》げの紙袋に三つももらい、『オレのお年玉って、毎年ホワイトデーのお返しで消えるんだよな』と嘆《なげ》いていた。

現在、弘凪たちは、同じ高校のバレーボール部でチームメイトである。

二人がバレーボールをはじめたのは中学のときで、遥平にはバレーの強豪校から推薦《すいせん》の話もあった。が、部活がすべてなんて生活は、不真面目な自分には向いていないと、弘凪と同じ高校を受験したのだ。

そんな遥平は、バレー部に入部してすぐ一年生で唯一のレギュラーになったが、よく部活をサボってふらふらとどこかへ行ってしまい、弘凪が先輩に命じられて捜しにゆくというのは昔から変わらない。

女の子にモテるのも——。

練習試合で遥平が、自分より身長が高い選手のはるか上から、あざやかにアタックを決めるたび、遥平目当てで見物に来ている女の子たちから黄色い声援が飛び、あの二年の美人の先輩が遥平に告白したとか、あの一年で一番可愛《かわい》い女子が遥平狙いだとか、しょっちゅう噂《うわさ》されている。

が、どれだけ女の子たちの注目を浴び、ひっきりなしに告白されても、遥平は軽く受け流し、特定の彼女を作らなかった。

『なんで遥平くん、彼女作らないの？　中学の時は彼女たくさんいたんでしょ？　向井《むかい》くん、遥平くんの幼《おさな》なじみなんでしょ？　理由知ってる？』

と何人もの女の子に訊《き》かれて、弘凪はそのたび『さぁ……』と言葉を濁《にご》してきた。

けど、そうか、遥平にやっと彼女ができたのか。

繋《つな》いだ両手を引っ張りあったり、上体を横に傾けたり、延々とストレッチを続けながら、遥平は曇りのないまぶしい笑顔で話している。

「オレ、その子にもう、一ヶ月もアプローチしてたんだ。あれこれ理由作って、あちこち連れ出して口説きまくって、彼女になってってお願いしまくって、今日やっとオッケーもらえたから嬉しくて。弘凪にも、今度紹介する！」

「ああ」

彼女のほうが積極的にアタックしたのではなく、遥平のほうから好きになって、一ヶ月も口説き続けてようやく了承を得たというのに、また驚く。

それほど遥平は本気だということだ。

どうやら季節外れのエイプリルフールではないらしい。

これからは遥平に休日いきなり呼び出されたり、遥平が弘凪の部屋の床に寝そべって漫画雑誌をめくったりゲームをしたりしながら、だらだらくつろいでいるなんてこともなくなるのだろうな……と、少しの寂しさを覚えながら、安心もする。

(遥平に彼女ができて、よかった)

あれだけモテる遥平が彼女を作らないのは、中学二年生のときのあの事件のせいではないかと、弘凪はずっと責任を感じていたから。

それを思い出したとたん、胸がズキリとした。

弘凪と、小山内《おさない》すず穂《ほ》と、遥平と——。

三人が三人とも傷ついたあの事件。

——どうして、弘凪が謝るんだ！

苦しそうに顔をゆがめ、握りしめた手を震わせて、怒っていた遥平。

飄《ひょう》々《ひょう》とした遥平が、あんなに感情をむきだしにし、声を荒げたのは、長いつきあいの中で一度きりだ。弘凪は申し訳なくて情けなくて、やっぱりこぶしを握っていた。

あのとき感じた、どうしようもない切なさと痛みと罪悪感から、弘凪もまた女子に好意を持つことを避けていた。

オレのせいであんなことになって、そのせいで遥平はずっと彼女を作らずにいるのだから、オレだけが新しい恋をしていいはずはない。

まして、遥平より先に彼女を作るなんて。

けど遥平に彼女ができたのなら、自分もそろそろあの事件から解放されて、恋をしても良いのかもしれない。

遥平が嬉しそうにのろける声を聞きながら、背中を押され、腕を強く引っ張られ、筋肉と一緒に気持ちまで伸びてゆくような爽快《そうかい》さを感じていた。

◇　◇　◇

ちょうど弘凪には、気になる女の子がいた。

朝、電車でよく同じ車両に乗り合わせる女の子で、名前は知らない。が、校内で何度か見かけたことがあり、弘凪と同じ一年生らしかった。

小山内すず穂を思い出させる細くて小柄で、肩の上くらいの髪の、表情の乏《とぼ》しいおとなしそうな子で、はじめに気になったのは多分そのせいで、

（あ、小山内に似ている……）

と、鈍い痛みとともに、胸が小さく鳴った。

次に気になったのは、彼女が読んでいる文庫本が、自分がつい数日前、学校の図書室で借りて読んだばかりの本だったためだ。

そのとき彼女は、弘凪の斜め前くらい——電車の出入り口に近い場所に立っていて、肩に通学鞄《かばん》を提げ、脇にスケッチブックを挟み、うつむいて本のページをめくっていた。

（あれって学校の図書室の本、だよな）

同じ本を、読んでいる？

『世界の中心で愛を叫んだけもの』というタイトルの、少し年期が入って色あせた表紙と、それを持つ彼女の細い指を見ていたら、向こうが視線を上げて、弘凪を見た。

透きとおった、綺麗な目だった。

色素が薄く、感情に乏しい印象を受けるが、その分透明感がある。

弘凪と目があうと、困ったように目を伏せてしまい、そのあとはずっと本を読んでいて、顔

を上げなかった。

けど弘凪は（……今、目があった）と、ドキドキしていた。

弘凪がじっと見ていたことに、向こうも気付いたのだろうか。それで気味悪がられてしまったのだろうか。そうではなくて、その本、オレも先週図書室で借りたやつでと言い訳したい衝動《しょうどう》にかられて（いや、いきなりそんな話をしたら、もっと警戒されるだろ）と、心の中でひたすら自分との会話を続けながら、焦れったい思いを味わっていた。

そんなことがあったのが、一学期の終わりくらいで。

以来、電車の中で彼女の姿を、よく見かけるようになった。

弘凪たちの高校は都心と逆方向にあり、朝の電車も、この時間帯はそれほど混んでいない。

彼女はたいて入り口付近で、脇にスケッチブックをしっかり挟んで、図書室のバーコードが貼られた本のページをめくっていた。

スケッチブックをいつも持っているから、美術部だろうか。図書室へもよく行くのだろうか。

弘凪も図書室をよく利用するので、知らないうちにすれ違っていたかもしれない。彼女の読む本のタイトルへも自然と目がゆく。古いSF作品が多く、

（オレもそれ、この間読んだ。この子とオレ、本の趣味があう）

と、胸が甘くくすぐったくなるような感覚を味わっていた。

向こうも弘凪を意識しているようで、最初の日以外にも、よく目があった。

KETCH
BOOK

恥ずかしそうに目を伏せるのも同じで、弘凪のほうも鼓動《こどう》を早め、顔を熱くしながらぎこちなく視線をそらす。

それからまた、こっそり観察する。

肩の上で切った髪は、瞳と同様に色素が薄く優しい茶色をしていて、細くてやわらかそうで、うつむくとき、さらりと揺《ゆ》れた。表情のあまり変わらない子で、けど——よく見るとほんの少しだけ頬《ほお》が染まっていたり、唇《くちびる》が緊張気味にきゅっと結ばれていたり、そんなわずかな変化を見つけては、甘酸っぱい気持ちになっていた。

あ、今日はちょっと笑ってる。

あ、今、緊張してる。

そんな風に、どきまぎしながら、

(あの子と、話してみたい)

と、いつからか自然とそう思っていた。

きっと、気があう。

勝手にそんなことを考えて、いや、もしかしたらおとなしそうに見えるだけで、アウトドア派かもしれない。意外とおしゃべりで、はじけた子だったりするのかもしれないと思い直しつつ、でも、本の趣味はあう。それだけは確実だ。どんな声をしているんだろう。一年何組なんだろう。いつも抱えているスケッチブックに、どんな絵を描いているんだろう。

（彼氏は……いるのかな）

彼女のことを知りたいという気持ちが、日に日にふくらんでいって、けど、思いきって声をかけようとする寸前で、いつも小山内すず穂の泣き顔が頭をよぎった。

——ごめんなさい。

あんなに傷ついて。顔を上げることもできずにうつむいたまま、透明な涙をぽろぽろこぼしていたすず穂に、弘凪は慰《なぐさ》めの言葉のひとつさえかけることができなかった。

心が瞬時に冷たくなって。

——信じらんねー！

という遥平の悲痛な叫びも、耳の奥で生々しくよみがえって。

——誰が、あんな女とつきあうか！

眉根《まゆね》を寄せ、頬をこわばらせて、苦しそうに叫ぶ遥平の顔が、目の裏にまざまざと浮かんで心臓がぎゅっと縮んだ。

遥平が女の子たちの告白を全部断っているのは、今でもすず穂のことを忘れていないからだ。あのとき、すず穂と同じくらい遥平も傷ついたのだ。

そう考えて、口の中が苦くなり、体が硬くこわばるような後ろめたさを感じた。電車で会う彼女にときめくたび、そのあとに来るのは、そうした息が止まるような苦しさで、まるで罪を償《つぐな》っている囚人《しゅうじん》のような気持ちだった。


(でも、明日からは……)


『彼女ができた』という遥平の言葉で、牢屋《ろうや》のように暗かった世界に光が射し込み、心が解き放たれたようだ。

練習の最中、遥平はコートの前列でずっと上機嫌でアタックを、びしばし決めまくっていて、弘凪は後方でボールをレシーブで拾って上げながら、遥平に彼女ができて本当によかったと思った。

(オレも明日、あの子に声をかけてみようか)

遥平と比べると、弘凪は容姿も身長も成績も運動神経も、本当にそこそこだ。根が真面目なので日々の努力で平均よりマシなレベルまではいけるが、それを他人に褒《ほ》められたり、注目されたりすることはない。

もちろん遥平のように女の子にモテたことも一度もないが、疎まれることもなかったし、義理チョコくらいは普通にもらえた。

電車の彼女は人見知りのようなので、弘凪が話しかけたら困惑して、またうつむいてしまうかもしれないけれど、弘凪のことを煩《わずら》わしく思っているなら、乗車する車両や時間を変えることもできるはずだ。それをしないのは、少なくとも嫌われているわけではないということなのだろう。

だから、彼女を怖がらせないようにうんと注意して、そっと話しかければ、もしかしたらうまくいくかもしれない。

彼女と知り合えたら、図書室の本の話をしよう。スケッチブックの中味を見せてもらうのもいいかもしれない。

遥平に『オレにも彼女ができた』と報告している自分を想像して、頰がゆるみそうになるのをこらえた。

◇　◇　◇

翌朝。電車の窓から射し込む朝日は、普段よりまぶしく目に染みた。

多分緊張して眠れなかったせいだ。

彼女がいつもの駅で電車に乗ってくるのを、弘凪は汗ばんだ手で吊革《つりかわ》を握りしめドキドキしながら待っている。心臓にスピーカーが仕込んであるように、鼓動がくっきり聞こえる。

（次の駅だ）

昨日、布団の中でさんざんシミュレーションした内容を反芻《はんすう》する。

『あの、オレ、同じ学校なんだけど、前から気になってて、いつも図書室の本、読んでるよな。古いSF好きなのか？』

って、ちょっとなれなれしすぎか？　まずは自己紹介からだろう。

『オレは一年二組の向井弘凪というもので――けっして怪しいものでは――』

いや、怪しすぎだ！

悶々《もんもん》と考えているうちに、彼女がいつも乗車する駅名がアナウンスされた。

心臓が跳ね、全身の筋肉が緊張で硬くなる。電車が止まりドアが開いたとき、その緊張は最《さい》高潮《こうちょう》に達した。息を止め、ドアをじっと見つめる。

乗客が一人入ってくる。が、それはサラリーマンぽい灰色のスーツを着た中年男性で、ドアがしまり、発進音が鳴り、電車が動き出した。

（あれ）

閉じたドアを、気の抜けた顔で眺《なが》める。

いつもこの時間の、この車両に乗るのに。

(今日は、時間を変えたのかな)

日直などで早く登校したのかもしれないし、寝坊して遅れているのかもしれない。そういうこともあるだろう。今までも彼女と毎朝、間違えなく会えていたわけではない。会えない日もあった。

それでも、盛り上がっていた気持ちが下がってゆき、

(せっかく話しかけようと思っていたのに……)

と、がっかりしたが、

(まぁ、いいや、同じ学校の生徒なんだから、まだいくらでもチャンスはある)

と心の中でつぶやいた。

◇　◇　◇

もやもやした気持ちが消えないまま登校し、自分の席で今日、数Iの授業であたるところの予習をしていると、遥平が通学鞄を提げたまま顔を出した。

男子から、

「遥平、土曜のバスケの試合、また助っ人やってくれって先輩が言ってたけど、どうだ？」

と声をかけられている。遥平は中学の時からよく他の部の助っ人を頼まれた。勝ち負けよりも主に、遥平が参加すると女子の応援が増えて、試合が盛り上がるという理由で。

女子からも、

「遥平くん、合コン企画してるんだけど参加して。遥平くん連れてきてって頼まれちゃった」

と笑顔を向けられるのを、

「悪い、休日はデートするから当分ダメ」

「合コンも彼女できたからパス」

と嫌味のない軽やかな口調で答え、

「えー、おまえ！　彼女いたのかよ！」

「うそぉ！　遥平くん、彼女できたの？　相手は？　どこのクラスのどんな子！」

と騒ぎを起こしている。

が、本人はけろりとした顔で、

「ああ、できたてほやほやだ！　詳しいことはまだ非公開で」

と、あしらって、弘凪の机の前までやってきた。

「はよっ、弘凪。予習してんのか、相変わらず真面目だなー。あ、数Iのノート、次の時間貸して。オレも今日あたるんだ」

「たまには自分でやれ」

「今日だけ！　弘凪サマ」

「それ、いつもそう言ってないか」

「彼女ができたご祝儀で」

「それも違くね？　まぁ、いいけど。テストのとき、泣くなよ」

「大丈夫！　オレ、ぎりぎり赤点とらないプロだから」

遥平が屈託《くったく》なく答える。実際遥平は、いつもすれすれで補習をまぬがれるという特技（?）を持っていた。真面目にやれば、もっといい点がとれるのではないかと、弘凪は前から思っている。

「数学のノート借りにきたのか、おまえ」

「いや」

口元をゆるめたあと、弘凪の肩に手をかけ引き寄せ、耳に顔を近づけ声をひそめる。耳に息がかかって、こそばゆい。

遥平が嬉しさを隠しきれない声で、

「今日の放課後、バレー部で彼女のお披露目《ひろめ》するんだ。昨日、部長に部活のあと報告して、了解とった」

「え、あれをやるのか？」

男子バレー部では、彼女ができたら、他の部員の前でお披露目をする決まりがある。

一度、二年の先輩が彼女を連れてきたことがあり、体育館の隅で、みんなで座って、二人だけが立ち、先輩がでれでれに照れながら彼女を紹介したあと、次々投げつけられる質問に答えていた。質問者からは、

『ちくしょー』

『爆発しろー！』

などという声も飛んでいた。

あのとき弘凪は、自分だったらとても耐えられないし、絶対やらないと思った。実際、内緒でつきあっている先輩もいるようだが、それがバレると、校庭百周や草むしりや三ヶ月の掃除当番などの、きついペナルティが待っているという。

あんな恥ずかしいことをするくらいなら、学校中の草むしりをするほうがマシだと弘凪は思うが、遥平はやる気満々で、胸をそらし、

「もちろん！　彼女できたら、あれ超やりてーって憧《あこが》れてたんだ。渋谷《しぶや》先輩が彼女連れてきたとき、マジ格好良かった」

（そうだったかぁ？）

頰がゆるみきってでれでれだったし、のろけすぎて余計なことまでしゃべりすぎて、彼女に手のひらをつねられていたような。

「渋谷先輩の彼女が、先輩の手をきゅっとつねって、こう頰を染めて上目遣《づか》いで睨《にら》んだだろ。

あれ、むちゃくちゃ萌えた。オレもみんなの前で、彼女に手ぇ、つねられてー！　思いきり見せつけてー！」

（そう来るか）

考え方の差に今さらながら驚く。

まぁ遥平らしいといえばらしい。放課後はきっと盛り上がるだろう。先輩たちもブーイングを投げつつ、祝福してくれるだろう。あとで彼女ができたことがバレて、『裏切り者め！』といびられるよりも、お披露目会でオープンにしてしまうのも、賢明かもしれない。

あの恥ずかしさに耐えられるのであれば。

遥平ならそのへんは平気そうだし、遥平の彼女も、遥平に似た明るく社交的な子なのかもしれない。ならば問題ないだろう。

遥平がまた弘凪の耳元に口を寄せる。

「でさ、お披露目会の前に、弘凪に彼女のこと紹介するから、昼休みあけといて」

「わかった」

と弘凪は答えた。

遥平が、先輩たちより先に弘凪に彼女を紹介すると言ったのは、弘凪が古いつきあいの親友だからだろう。

が、それだけではなく、小山内すず穂の事件以来、弘凪もまた女っ気がないことが、遥平のほうでも気がかりだったのではないかと思った。

（遥平と違って、オレは女子にモテないだけなんだがな）

けど、遥平が気にかけてくれたのは、嬉しかった。

昼休みは、どんな〝彼女〟に会えるのだろう。きっと遥平にふさわしい華やかな女の子なのだろうが、たとえどんな子であっても、彼女が遥平を過去の痛みから解放してくれたことに、自分は心から感謝するだろうし、二人のつきあいを応援するだろう。

◇　◇　◇

昼休みになる早々、遥平は朝と同じように明るい顔で、弘凪を迎えに来た。

「うわー、やっべ、なんかお披露目会より緊張するかも」

などと言いながら心臓に手をあててみたり、足どりがぎくしゃくしていたりするのに、目を見張る。

（遥平でも緊張することがあるのか）

ますます遥平の彼女に興味がわいた。

てっきり彼女のクラスへ行くのかと思ったら、遥平は一年生のクラスを素通りし、渡り廊下のほうへ進んでいった。

「彼女、美術部なんだ」

遥平の言葉に、電車で会う女の子がいつも脇に抱えているスケッチブックが頭に浮かび、ドキッとする。

（もしかしたら遥平の彼女は、あの子の部活仲間だったりするのか？）

「すげー、絵がうまいんだぜ」

「へぇ」

「いっつもスケッチブック持ち歩いててさ」

「……」

美術部員は、みんなそうなのかもしれない。

あの子だけではなく、遥平の彼女も。

遠くで、女の子たちのにぎやかな笑い声が聞こえた。昼休みなので、仲良し同士でかたまって弁当を食べているのだろう。

弘凪たちが進んでゆく廊下は静かで、上履《うわば》きが廊下をこするキュキュッという音が、やけに響く。美術室は、音楽室や被服室と同じ並びにあり、廊下に面した壁は上半分がガラス窓になっていて、そこから中をすっかり見渡せた。

真昼の日射しがあふれる教室に、作業用のテーブルがいくつか配置され、その間に石膏像《せっこうぞう》やイーゼルが無造作に置いてある。壁には生徒が描いた絵が一面に貼りつけてあった。それは定期的に変わる。

遥平の彼女らしき女子生徒は、パイプ椅子に座り、膝《ひざ》に立てたスケッチブックに、鉛筆で絵を描いていた。

ずいぶん集中しているようで、小さな横顔は一見無表情に見えるほど静かだ。色素の薄い瞳は大きく透明で、唇をきゅっと結んで、鉛筆の先をじっと見つめている。

弘凪は上履きの底が床に張り付いたように、動けなくなった。


（！）


あれが、遥平の彼女？

時間が停止したようだった。

体が冷凍保存されたように冷たくなり、次の瞬間、頭がカァッと熱くなる。

自分の目に映っている光景が、信じられなかった。

「どうした？　弘凪？」

遥平が不審そうな目を弘凪に向ける。

「いや……オレも緊張して」

平静を装い声を絞り出すが、その声は掠《かす》れて、からからに乾いていた。

ガラス窓の向こうで一心不乱にスケッチブックに絵を描いている彼女は、まだこちらに気づいていない。けど、それは間違いなく弘凪が電車の中でいつも会う、あの女の子だった。

「オレの彼女なのに、おまえが緊張してどうすんだ」

遥平が屈託なく笑い、

「ほら、行くぞ」

と弘凪の背中を軽く叩く。

止めていた息を飲み込み、遥平と一緒にぎこちなく足を踏み出すと、床がきゅっと軋《きし》んだ音を立てた。

(嘘だろ、まさか遥平の彼女が)

あの子はただの美術部員で、遥平の彼女は他にいるんじゃないか。オレの目に、たまたま映っていないだけなんじゃないか。

そんな悪あがきをしながら、一歩一歩、進んでゆく。

遥平が美術室のドアを開けた。

彼女が絵を描く手を止め、顔を上げると、肩の上で細い髪が儚《はかな》く揺れた。遥平の後ろに、こわばった顔で立っている弘凪と目があうなり、彼女の表情もまた固まった。

いつも、電車の中で目があうと、困ったようにうつむいてしまう。

なのに、うつむくことも視線をそらすこともしない。

弘凪がなんて澄《す》んだ綺麗な目だろうと思っていたあの瞳を、大きく見開いて、弘凪をじっと見上げている。

石で作られた人形のように、ぴくりとも動かず、ただじっと。

驚きの表情で――。

弘凪も、出入り口に立ったまま、美術室特有の酸っぱい匂いをかぎながら、指一本動かすことも彼女から目をそらすこともできずにいる。そのまま、遥平のはずむような明るい声を聞いていた。

「こいつがオレの親友の向井弘凪。それで、こっちが冬川古都《ふゆかわこと》――」

遥平の声に、熱がこもる。

「オレの彼女だ」

◇　◇　◇

古都は、弘凪が想像していたとおり、人見知りな性格らしかった。

よろしくとか、どうもとか、そんな言葉をぼそぼそと口にする弘凪に、古都もぼそぼそした低い声で、

「冬川です、よろしく」

と挨拶《あいさつ》を返し、うつむいた。

古都の青白い顔に笑みはなく、足もとを見つめるように目を伏せていた。緊張し困っているようで、閉じたスケッチブックを胸にぎゅっと抱き、肩を小さくすぼめていた。

弘凪もなにを言っていいのか、わからなかった。

今朝、電車の中で彼女が乗車してくるのを待ちながら、どう話しかけよう、なんの話をしようと、胸をとどろかせ頰をゆるめながら、さんざんシミュレーションを繰り返した。なのに、そのどれも口にすることはできない。他人の彼女に、本の趣味があうなとか、前から気になっていたとか、言えるわけがない！

喉《のど》をじわじわとしめつけられているような時間が、流れていった。

「おまえ、緊張しすぎ。しかたねーなー」

と、結局遥平が一人で明るくしゃべっていて、弘凪はほとんど話すことはなく、古都にいたっては最初の挨拶以外、声を発したという印象が残っていない。

朝の電車のことも、お互い口をつぐんだままだった。

最初に『あれ、いつも同じ電車に乗ってるよな』と明るく尋ねていればよかったのだろう。が、喉に鉛《なまり》の玉がつまっているみたいで声がうまく出せず、タイミングを逸《いっ》してしまい、言えなかった。

それに古都も黙っているのだから、言ってほしくないのだろう。

いや、ひょっとしたらこれまで意識していたのは弘凪だけで、古都のほうは弘凪のことなど知らなかったのではないか。

だから、なにも言わなかったのかも。

「古都は、あまり話すのが得意じゃないんだ。けど慣れてきたら、普通にしゃべるようになるからさ」

遥平は、そんな風にフォローしていた。

古都は遥平の隣で、やっぱり暗い顔でうつむいていた。

教室に戻ってからも自分の席で悶々《もんもん》としているうちに、放課後になった。


体育館へ行くと、すでに部員のほとんどがコートの脇に集合していた。遥平が彼女をお披露目すると伝言が回ったためだろう。みんな興味津々で、

「遥平の彼女って、この前試合に来てたミス一年生か？　髪の毛ゆるふわでまつ毛びっしりの、超可愛い子」

「いや、副会長の二年の北条《ほうじょう》さんとも、よくしゃべってたよな。あの美人で才女の」

「水泳部の二年の坂巻《さかまき》も怪しいぞ。夏にプールサイドから、あの大きい胸を揺らして遥平に手ぇ振ってるの見た」

と、校内でも目立つ女子の名前が次々挙がる。

「誰にしても、きっと美人なんだろうな。遥平を落とすくらいなんだから。向井、おまえ知ってるか？」

と先輩に訊かれて、弘凪はぎこちなく、

「すみません」

と答えた。

「なんだよ、はっきりしねーなー。まぁ、いいか。すぐわかるし」

やがて、遥平が古都をつれて体育館に現れると、体育館で練習をしていたバスケ部や卓球部や演劇部の女子までこちらを見て、聞き耳を立てていた。

「お待たせっすー！」と爽やかな笑顔を振りまく遥平の後ろを、古都がうつむきかげんにおずおず歩いている。小柄な体型は中学生のようにも見えて、華やかな美人を想像していた先輩たちは驚いたようだった。

けど「オレの彼女です！」と古都を紹介する遥平の声も表情もまぶしいほど晴れやかで、古都の細い肩を励《はげ》ますように抱く様子も、自然で優しげで、横からそっと古都の様子をうかがう瞳はこれ以上ないほど甘く、のぞき見していた女子はうらやましそうな顔になった。

古都が先輩たちに向かって、ぺこりと頭を下げ、

「……一年五組の、冬川古都です。よろしくお願いします」

と、小さな声で言うと、一生懸命さが伝わってきて、先輩たちも微笑《ほほえ》ましそうな眼差しにな

り、そのあと古都が困ったように眉をほんのちょっと下げるのも、可愛らしいという目で見ていた。

弘凪の目にも、社交的な遥平と人見知りの古都は、正反対な分バランスがよく、お似合いに映った。内気な古都を遥平は可愛く思っていて、古都は弘凪を頼りにしていて、お互いがお互いを必要としているような。きっと実際もそうなのだろう。

胸が疼《うず》くように痛んで、握った手がずっと冷たいままだった。

遥平が二人のなれそめを、頰をほころばせ、軽やかな口調で語る。

「古都がウサギ小屋に忘れてったスケッチブックをオレが拾ってさ。中を見たら、ウサギの絵がいっぱい描いてあって、それが、すっげーうまくて、そんで実物よりもっとふわっとしてて、優しい感じで。どんな子が描いたのか、気になって」

古都はその日、昼休みにウサギ小屋へスケッチに出かけたらしい。が、ウサギの具合が悪そうだったため、小屋から出して保健室の先生のところへ連れてゆき、そのときスケッチブックを置いてきてしまったらしかった。

スケッチブックの後ろにはクラスと名前が書いてあり、遥平はそれを持って古都の教室へ直接届けに行った。

「で、一目惚《ぼ》れ」

遥平の顔に照れくさそうな笑みが浮かび、目を伏せた古都が頰を染める。

古都は遥平にアプローチをかけていた華やかな女の子たちのように、一目で男子を惹《ひ》きつけるタイプではない。どちらかといえば、ひっそりした目立たない部類の女の子だろう。けど、遥平のくすぐったいような笑顔は、『一目惚れ』という言葉に充分以上の説得力を持たせていた。

だから遥平は、本当に古都に一目惚れをしたのだろう。弘凪が電車の中で古都を一目見たときから、小山内すず穂に似ていると感じて気になっていたように。

(遥平が冬川さんに一目惚れしたのも、もしかしたら小山内に似ていたから……？)

それはありえることだった。

何故《なぜ》なら遥平も、すず穂のことを――。

「もっと話したくて『ウサギ好きなの？　オレもウサギ大好きで、ウサギの展覧会があるんだけど男一人じゃ入りにくいから、つきあって』って、叫んじゃいました。そのあと携帯で、ウサギの展覧会、必死こいて捜したけど、見つかりませんでした」

先輩たちが、どっと笑う。

「で、どうしたんだよ」

「動物の写真展があったんで、そこへ行きました。当日『ゴメン、ウサギの展覧会は先週終わってた』って、謝り倒して」

「この詐欺師《さぎし》」

先輩たちの言葉に、すましてみたり、情けない顔をしてみたりと、表情をころころ変えながら、遥平は巧《たく》みに話し続けている。

その隣で、古都は困ったようにうつむいている。きっと恥ずかしいのだろう。ときどき遥平が古都のほうを優しく見て「な?」とか「だろ?」と同意を求めると、ぎこちなくうなずいたりする。その様子が、つきあいはじめたばかりの彼氏に一生懸命に答えている風で初々《ういうい》しく、弘凪はまた胸をしめつけられた。

「それが初デートっす！　で、そんとき彼氏がいるのかどうか訊いて、いないってわかって、オレとつきあってって、押して押して押しまくりました。もし古都が、あたしとつきあいたかったら、交差点で裸踊りしながらジャグリングしろって言ったら、オレ、その場で交差点に向かってダッシュしながら、服脱いでたっす」

古都がおずおずと遥平のほうを見て、小さな声で、

「わたし……そんなこと」

とささやくと、

「うんうん、古都は優しいから、そんなこと言わない。一ヶ月お願いし続けただけで、オレの彼女になってくれたし」

遥平が古都を抱き寄せて、とろけそうな顔をする。

先輩たちから、

「見せつけるなー」

「離れろー」

という声とともに、口笛や声援が飛ぶ。

古都は頬を染めたまま下を向いている。弘凪は歯をぐっと食いしばった。

先輩から、

「おおい！　彼女の話も聞きたいぞー！　冬川ちゃんが、遥平の怒濤《どとう》の告白にオッケーした決め手はなんだったんだ」

と質問が起こる。

古都は肩をすぼめながら、消え入りそうな小さな声で答えた。

「だれかに、好きって言ってもらったの、はじめてだったから……」

とたんに、胸がぎゅーっと引き絞られる。

（オレだって）

心の中で悔しげに苦しげにつぶやきかけた言葉を、そのまま奥へ押し込んだ。たとえ誰にも聞かれていなくても、そんなこと思う自体、負け惜《お》しみだ。

古都の回答を聞いて、遥平はきらきらした笑顔で、

「オレ、すっげーラッキーだったんだ！　神様ありがとう！」

と叫んで、場を沸《わ》かせた。

怒声と祝福の言葉が飛び交い、拍手や口笛が混じり合い、わけがわからないほど盛り上がったまま、お披露目は終わった。

古都を体育館の外まで送ってゆく遥平を、弘凪は手だけでなく心まで冷たくなってゆくような気持ちで見ていた。

古都は体育館にいる間、一度も弘凪のほうを見なかった。

まるで弘凪と目があうことを、恐れているように。目があったことによって、なにかが起こるのを怖がっているように。

小さな体をすくめ、かたくななほど視線をそらしていた。


そして弘凪は、自分が失恋したことを認識したのだ。

弘凪以外、誰も知らない、ひそやかな失恋を。

二章　×　君はうつむき、僕は目をそらす

CRIME AND PUNISHMENT IN THE CASE OF MUKAI HIRONAGI

翌日。弘凪《ひろなぎ》は、いつもより二十分も早く家を出た。

制服にきっちり着替えて、鞄《かばん》を下げてリビングに現れた息子に、母親は、

「え？　ヒロくん、もう学校行くの？　なんでこんなに早いの？　昨日、学校早く行くって、言ってた？　まだお弁当できてない」

と焦っていた。

弘凪は食パンに自家製の杏《あんず》のジャムを塗って囓《かじ》りながら、

「ごめん、言い忘れた。購買でパンを買うからいい」

と言って、母親が急いで差し出した、カップに入った野菜のスープを飲んで、家を出た。

空はくすんだ鉛色《なまりいろ》をしていて、今にも雨が降りそうだ。空気も湿気を含み、冷たい。駅へ向かう弘凪の足も心も重い。

早めに家を出たのは、古都《こと》と同じ電車に乗車するのを避けるためだった。

朝から失恋相手になど会いたくない。しかも、これまで古都とは同じ学校の生徒というだけ

の他人だったけど、昨日から友達の彼女になった。古都にとっても弘凪は彼氏の友達だ。電車で会ったら、お互いに無視するわけにはいかない。『おはよう』くらいは言わなければならないだろう。

それだけではすまず、さらに会話をしなければならない事態になるかもしれない。遥平《ようへい》と違って話術があまり巧《たく》みでない弘凪にとって、〝そこまで親しくないけれど、無視もできない中途半端な知り合い〟というのは、ただでさえ気まずい存在なのに。

（遥平に彼女ができたのはいいことだし、オレは喜ばなきゃいけない。その相手が、電車で会うあの子だとは思わなかったけど……。どのみち遥平がライバルじゃ、オレは勝てっこない。昨日、彼女に電車で会えなかったのは、よかったんだ）

もし会っていたら、話しかけていただろう。これまで押さえていた分止まらず、つきあってほしいなんて言っていたかもしれない。

もちろん古都は断っただろう。

その状態で古都を紹介されていたらと考えると、一瞬息がつまり、背筋がぞっとした。

（また、小山内《おさない》すず穂《ほ》の事件の繰り返しじゃないか！）

弘凪が古都に惹《ひ》かれていたことを、古都本人や遥平に知られる前で、本当によかった。

この先も、絶対に言わない！

都心と逆方向へ走る電車は、平日の朝でも十分に一本程度なので、二十分早く出れば二本早い電車に乗れる。卒業までずっとこの時間にしよう。

かたことと揺《ゆ》れる車内で、シートの前に立ち、窓の外を通り過ぎる畑や工場などのどんよりした景色を眺《なが》めながら考えていると──古都が乗車してくる駅に到着した。

（いつもドアが開くとスケッチブックを抱えた彼女が、うつむいて入ってきたんだっけ……）

胸がひりつくような気持ちで、ドアのほうを見ていると。

「！」

弘凪たちの学校の制服を着た女子が入ってきて、弘凪を見てびくっと肩を揺らして、目を見開いた
古都だ！

（なんでこの電車に乗っているんだ！）

彼女が乗るのは、この二本あとのはずだ。これではわざわざ早く家を出た意味がない。

古都のほうも、何故弘凪がこの電車に乗っているのだろうという顔をしている。

（ヤバイ、どうする？）

急に目が覚めたみたいに、全身の感覚が鋭敏《えいびん》になる。古都はドアの近くに立ったまま、困ったように眉根《まゆね》を寄せている。

弘凪も困りはてていた。ここまではっきり目があってしまった以上、知らんぷりはできない。

弘凪が立っているのは、シートの手前の端《はし》のほうで、古都が立っているドア付近との距離は、

ほんの五十センチほどしかない。

（くそっ）

腹の下にぐっと力を入れ、弘凪は古都に話しかけた。

「おはよう、冬川《ふゆかわ》さん」

少し素っ気なかったかもしれない。顔に笑みを浮かべることはできなかった。

けど、それは古都も同様で、

「お、おはよ……向井《むかい》、くん」

と、こわばった顔で、ぼそぼそと言う。

「昨日は……どうも」

「こ、こちらこそ」

「大変だったんじゃないか。その、いろいろ……」

「へ、平気」

「……」

「……」

一通り挨拶《あいさつ》をしてしまったら話すことがなくなり、気まずい沈黙が続いた。古都は脇に抱えたスケッチブックの端をぎゅっとつかみ、目を伏せたまま視線を泳がせている。

弘凪も手のひらに汗をかきっぱなしだ。

次の駅は乗換駅で、住宅の密集地にある。この時間は特別に混むのか、この電車にしては客が多めに乗り込んできた。入り口付近に立っていた古都が、吊革《つりかわ》につかまっていた弘凪のほうへ強く押し出され、二人の距離が近づく。

古都の白い顔が弘凪の目線のすぐ下にあり、古都の素直な細い髪からなにか清楚《せいそ》な香りまでただよってきて、白いうなじもちらりと見えて、弘凪は耳のあたりが熱くなった。

(こんなに接近したのって、はじめてじゃないか？)

なんでよりによって、古都が遥平の彼女だと知ったあとで！

古都も、顔を上げると弘凪ともろに目があってしまうからだろう。スケッチブックの端をつかんで、恥ずかしそうにうつむいている。伏せたまぶたが白くなめらかなことや、まつげが意外と長いことがわかって、心臓が早鐘《はやがね》のように鳴る。

(バカ、意識するなっ。この子は遥平の彼女だぞ)

そのとき電車が急に走り出し、古都の足がよろけた。

隣の乗客が古都の体を押し、薄くて軽い古都は踏ん張りがきかず、弘凪のほうへ倒れ込んでくる。

(危ない！)

とっさに正面から古都を受け止めた。古都の顔が弘凪の肩にぶつかる。涼しげなシャンプーの香りが、今度こそはっきりと弘凪の鼻孔《びこう》をくすぐり、猫の毛のようにやわらかな髪が弘凪の頰《ほお》と首筋を撫《な》でてゆき、弘凪はくらりとした。

古都が脇に抱えたスケッチブックが落ちないように、それも一緒に片手で押さえる。古都の体は見た目と同様に細くて軽くて、なのに弘凪の腕の中で焼けつくような存在感を放っていて、鼓動《こどう》が高まりすぎて息が止まりそうだった。

古都が身を起こした瞬間、頰に吐息がかかるのを感じられるほどにお互いの顔が近づき、また心臓が口から飛び出しかける。

古都も「!」と目を見張り、すぐにうつむいて、体を離した。

といっても狭い車内では、結局近くに立っているしかないのだが。古都が困ったようにもじもじしながら、ささやく。

「ご……ごめんな、さい」

動揺《どうよう》しているのだろう。ただでさえ小さな声が切れ切れだ。

弘凪はひどく申し訳ない気持ちなった。古都だって、微妙な知り合いである弘凪と一緒の電車に乗り合わせるのは、気まずいのだ。その上望まない接触までしてしまって、きっと恥ずかしくて、いたたまれない気持ちでいるだろう。

重い空気をまぎらわそうと、弘凪は口を開いた。

「あのさ……いつも、もう二本遅い電車に乗ってるよな」

うつむいていた古都が、ぴくりと肩を揺らし、スケッチブックの端をぎゅっとつかんで小さ

SKETCH
BOO

な声で言う。

「向井くんも……だよね」

やっぱり古都も、弘凪に気づいていたのだ。

胸の高鳴りに甘いものが混じる。そのそばから、では何故《なぜ》古都は昨日美術室で紹介されたとき、そのことにふれなかったのかということや、古都が遥平の彼女であるのを思い出し、頭から冷や水をかけられる。

(冬川さんは遥平に、変な誤解をされたくなかったんじゃないか)

それは弘凪も同じ気持ちで、だから電車でのことにふれなかった。

そうだ、小山内すず穂のときと同じことを、繰り返してはいけない。


——遥平くんが、好きなの。


白い頬をほんのりと赤く染め、うつむきながらつぶやいたすず穂が頭に浮かび、その瞬間、胸が強くしめつけられた。

少し前まで、人見知りで気持ちをうまく表に出せなかったすず穂が、あのとき、とても女の子らしく綺麗に見えた。

それから、すず穂の泣き顔と、遥平が苦しそうに叫んでいる顔が交互によみがえる。

——なんで謝るんだよ！　なんでおまえが謝るんだよ！　バカ凪《なぎ》！

中学二年生の暗く寒い冬。いろんなことがすれ違って、幼くて、残酷《ざんこく》で、三人とも苦しかった。誰も幸せにならなかった。

（だからあんなことは二度と……）

古都から目をそらし、口をつぐむ。

古都も黙っている。

学校が近づくにつれて、車内はまた少し混んできて、弘凪の隣に立っている古都と肩がふれそうになる。そのたび胸に疼《うず》くような痛みが走ることに罪悪感を覚えながら、弘凪は汗ばんだ手で吊革を握りしめていた。

会話がないまま、学校の最寄り駅に到着し、古都と一緒に電車をおりる。

そこから学校に辿《たど》り着くまでの十分が、これほど長く苦しく感じたことはない。スケッチブックを脇に挟んで、うつむいている古都の隣を、弘凪も黙って歩く。

古都は歩くのが遅く、弘凪もそれに合わせているため、いつもの倍の距離があるように錯覚《さっかく》してしまう。

なんて気詰まりなのだろう。古都も同じように感じているのは間違いなく、体をますます小さくすぼめている。古都なりに少しでも早く歩こうと、わずかに前のめりになり、足を一生懸命に動かしているが、それでも弘凪が普通に歩くよりも遅い。

(もし冬川さんと遥平がつきあっているんじゃなかったら……冬川さんと二人でゆっくり歩くことは、楽しかったんだろうな)

お互いが読んだ本の話をしながら、ゆっくり、ゆっくり、足を動かして。ときどき視線を交わしあって、微笑《ほほえ》みあったりして。いつまでも学校に辿り着かなければいいと、神様に願ったかもしれない。

(けど、冬川さんは、遥平の彼女だ)

もし弘凪と古都が並んで歩いているのを見た生徒が誤解したら、古都に迷惑がかかるし、遥平も傷つける。そうした事実がまったくなくても、その噂《うわさ》だけで、遥平は小山内すず穂のことを思い出してしまうだろう。

そこまで考えて、自分の迂闊さに歯がみする。他人の彼女と登校したりしてはいけなかったのだ。

校門をくぐるなり、弘凪は口を開いた。

「オレちょっと」

「あの、わたし」

古都の声と、期せずして重なった。

思わず見つめあってしまう。古都は目を見張っている。きっと弘凪も同じような顔をしているだろう。

「えっと、どうぞ」

「あの、どうぞ」

また重なった。

（あー、なんだって）

間の悪さに顔を熱くしながら、弘凪は同じように頰をかすかに染めている古都から視線をそらし、ぶっきらぼうに言った。

「ちょっと部室に寄るんで、ここで」

古都もほんの少し早口で、

「わたしも、ウサギ小屋に寄る、から」

「じゃあ」

「……うん」

と視線をあわせないまま、別々の方向へそそくさと進んでゆく。

（ウサギ小屋って、向こうだったか？）

方角的にこっちだった気がするけれど、バレー部の部室もこっちではなくあっちなので、追及するのはやめておく。もともと朝っぱらから誰もいない部室に行く用なんてあるはずがなく、校舎の周りを適当に歩いてから教室に向かった。

(明日は、三十分早く家を出よう……)

と決意しながら。

◇　◇　◇

「弘凪、リーダーのノート貸して」

二時間目の休み時間に遥平が弘凪のクラスへ来たとき、弘凪はクラスメイトたちから遥平の彼女について質問を浴びている最中だった。

遥平がバレー部で彼女のお披露目《ひろめ》をしたことは、昨日のうちに拡散《かくさん》されたようで、男子も女子も詳しい話を知りたがり、弘凪の机の周りに朝から常時、七、八人、集まっている。

まるで弘凪が人気者のようだ。

もちろん、女子は弘凪がげんなりした顔をしていることなどどうでもよく、遥平がどんな女の子を選んだのか気になるだけなのだが。

男子は男子で、

「遥平は絶対に、ミス新入生とつきあうと思ってた。あの子はフラレたのか?」

「遥平に彼女ができたってことは、副会長の北条《ほうじょう》先輩は、フリーなのか?」

と別のことが気になるようだ。

弘凪は自分の感想は交えず、遥平に彼女ができたのは事実であること、遥平のほうから彼女を好きになり交際を申し出たこと、彼女は一年生で、落ち着いた可愛《かわい》らしい女の子であることを、事務的な口調で話した。

みんな、もっと詳しいことが知りたいようで、焦れったそうに催促《さいそく》されていたところへ遥平本人が現れたものだから、たちまち騒ぎになった。

弘凪を囲んでいたクラスメイトたちが、波が引くように遥平のほうへ移動し「冬川さんってどんな子！」「遥平くんから、告白したって本当？」「おい、北条さんとおまえは、関係ないんだな！」と話しはじめる。

遥平はいつもの調子で、リップサービスを交えて彼らの好奇心や要望を上手に満たして満足させつつ、その輪を軽やかに抜け出して、弘凪のほうへやって来た。

「朝からどこへ行ってもこの調子で、まいった」

と言いつつ、口元には笑いがある。

昨日と同じように、幸せのオーラをまとっている。

「遥平は有名人だからな。おかげで、幼《おさな》なじみのオレまで質問責めだ」

「あー、悪ぃ。今度なんかおごる。だからリーダーのノート貸して」

「昨日、数Ⅰのノート貸したとき、今日だけって言ったのは、オレの聞き間違いだったか」

「今日は数Iのノートじゃなくて、リーダーのノートだから、別腹！」

普段通りのやりとりをしながら、電車でのことを思い出して、うしろめたい気持ちになる。

古都と同じ電車に乗り合わせて一緒に登校したことを、遥平に話したほうがいいだろうか。

以前からよく同じ車両で会っていたことも……。

「あのさ、オレ、冬川さんと」

口にしかけて急に喉《のど》で声がつまった。なんでもないことなのに、どうして言えない。

「古都がどうかした？」

遥平が弘凪の顔を見る。それでますます言い出しにくくなって、

「冬川さんも……質問責めにされてるんじゃないか？　彼女話すの得意じゃないって、言ってただろ。大丈夫なのか」

と別の話題を振った。

それはそれで気になっていたことだったから。あのおとなしい古都では、注目を浴びて辛い思いをしているのではないか、遥平のファンの女子に意地悪をされてはいないかと。

遥平は口元を小さく上げ、男らしい表情で、

「古都のクラスには根回ししてある。それ以外の女子も生徒会の北条さんとか、一年の二階堂《にかいどう》とか、女子に睨《にら》みがきく人に頼んであるから。うまくやってくれるはずだ」

「そうか……なら安心だな」

「まぁ、オレも目をはなさないようにするけどね。オレの彼女はオレが守るから」

自信にあふれて断言する姿に、胸がちりちりするほど羨望《せんぼう》を覚える。

古都がこうむるリスクを、頭が回る遥平が気づいていないわけがなかった。ああ、やっぱりかなわないなと、子供の頃からさんざん味わった敗北感を噛《か》みしめる。

リーダーのノートを渡してやると、遥平は一転して子供のように無邪気な笑顔になり、

「一生恩にきる、弘凪サマ」

と、また大げさなことを言った。

それから弘凪の顔をのぞき込むようにして、明るい表情で尋ねた。

「なぁ、弘凪は古都のこと、どう思った？」

気持ちを見透かされているようで、ドキンとしながら、

「いい子なんじゃないか……しっかりしてて、落ち着いてて……」

と、普通の声で答える。

もしかして、古都と登校したことが、遥平の耳に入った？　それでカマをかけてる？　いや、考えすぎだ。

遥平は自分の彼女を褒《ほ》められて嬉しいのか、頬をいっそうほころばせて、

「うん、古都はすごいしっかりしてる。それから？」

「賢そうだし」

「うん、古都はオレより成績いいんだ。って、オレ追試、ぎりぎりだけど。古都はちゃんと宿題も予習もするし、この前の中間試験の古典で、学年で三十番台だった。あと絵もうまい。スケッチブックにウサギの絵をいっぱい描いてんだけど、超うまい。他には？」

「目が澄《す》んでて……髪もやわらかそうだし」

今朝間近で見た透きとおった瞳や、鼻先でふわりと香った髪の匂いや、頬がふれたときのやわらかな感触がよみがえり、遥平から視線をそらした。

遥平は晴れやかな声で、

「うん、綺麗な目してるよなー。髪もめちゃくちゃさわってみたい。他には？」

「よく見るとまつげとか、長くて」

まぶたの白さにも、はっとした。

「そうそう。他は？」

「体も細くて、軽そうで」

抱きとめたとき、腕の中でとけてしまいそうだった。

「うん、スレンダーなとこもいいよな。他は？」

「つか、しつこいぞ」

これ以上この話題を続けたら、心臓に穴が開きそうだ。

「だって弘凪は親友だから、やっぱ彼女のこと認めてほしいじゃん」

遥平がまっすぐな目をして言う。

また視線をそらしたい衝動《しょうどう》にかられながら、それを耐え、

「ああ、いい彼女だ。おまえにしては上出来だ。大事にしろよ」

と告げると、遥平は熱っぽい目をして、

「もちろん。オレ、こんなに女の子に好きになってほしいと思ったの、はじめてなんだ。古都もオレのこと、すっげー好きになるといいなー」

と最後はまた、あのまばゆい笑顔で言った。

その笑顔に、弘凪は胸を突き刺されるような痛みを感じていた。

◇　◇　◇

(どうして遥平に、冬川さんと登校したことを、話せなかったんだろう……)

昼休み。

パンを購入するため校内の売店へ向かいながら、弘凪は暗い気持ちで考える。

(言えないようなことなんてなかったのに)

なのに口をつぐんだ結果、車内で起こったあれもこれも、口にしてはいけない裏切り行為に思えて、罪の意識が増してゆく。自分で自分を追い込んでいるようなものだ。

古都のことを忘れよう、近づかないようにしようと思えば思うほど、逆に気になってしまう。

（これじゃダメだ。小山内さんのときと同じだ。本当にもう冬川さんのことは考えないようにしなきゃ）

何度目かの決意をして、先へ進む。

売店に辿り着くと、すでにカウンターの前に生徒が群がり、熾烈《しれつ》な争奪戦を繰り広げていた。

「おばさん！　メロンパンと卵サンド！」

「こっちはバター餡《あん》パンと、コロッケパンと、ハムロール！」

「はいよ、コロッケパンこれで終わりだよ」

「えーっ！　じゃあ焼きそばパンとチョココロネ！」

「焼きそばパンも、もうないよ」

「あたし！　クッキーブレッドとフレンチトースト二個と、苺ミルクパンとチョコレートマフィン三個と、唐揚げパン二個とツナサンド！」

「おい、食い過ぎだ」

「友達の分、頼まれたの！」

と叫びあう声が聞こえてくる。

（すごいな……売店って、こんなに混んでいるのか）

弘凪の母親は料理好きで、いつも手の込んだ弁当をもたせてくれる。なので昼休みの売店を見るのははじめてだった。

完全に出遅れた。あの人混みをかきわけて前へ進む頃には、パンのケースは空っぽなんじゃないか？

（途中で、コンビニにでも寄ればよかった）

そうだ、そうすれば、古都と駅から十分も沈黙を続けながら歩くこともなかったのに。あのときは、ひたすら早く学校へ着いてほしいと念じるのに精一杯で、そこまで頭が回らなかった。

（オレのバカ）

と過ぎたことを後悔していたとき。

（あ）

パンを求める生徒の群れの最後尾で、おろおろしている女子生徒が目に入った。

（冬川さ……）

幻でも見ているのだろうかと惚《ほう》けたあと、それが現実の冬川古都だと気づいて、唇《くちびる》を噛んだ。

「――っ、なんで」

隙間から思わずこぼれたつぶやきが「メロンパン！」「フレンチトースト！」という叫びで、かき消される。

なんで今朝会ったばかりなのに、また会うんだ。

図書室へ行くたび、ひょっとしてあの電車の女の子がいるかもしれないと、そわそわと見渡しても、どこにも姿が見えなかったのに。

なんで、古都にはもう近づかないと決めたあとに、何度も！

遥平は、自分が古都に最初に告白した男になれたことに対して『神様ありがとう！』とお礼を言っていたが、弘凪は逆に『いい加減にしろよ！　神さん！』と指を立てて文句を言ってやりたい気持ちだ。

（とにかく無視だ）

向こうは弘凪に気づいていない。パンは買わずにとっとと退散しよう。一食くらい抜いても死にはしない。

かかとを回して背を向けようとしたとき、古都が手前の生徒に背中で押し返されて、よろめくのが目に入った。

（って！　おい！　乱暴だな！）

思わず足を止める。

古都は眉をちょっと下げたあと、また生徒の群れにわけ入ろうとしたようだが、遠慮《えんりょ》深い性格のためか、強引に割り込めずにいる。何度か試みては躊躇《ちゅうちょ》して足を引き、それでも頑張って入ろうとしたら、また押し出され、転びかけてよろめく。

（ああ、もっとぐいぐい押してかないと無理だろ。よし！　そこだ！　そこで足を突っ込め！

ああっ、また引いた。うわっ、また押された！　危ない！　バカ、そこのおまえ、謝れ！　って冬川さん、肩落としてしょんぼりしてるし……）

その間にもパンはどんどん売れてゆく。

群れからはじかれて落ち込んでいた古都がまた背伸びをして、一番後ろから、

「メロ……と、ハ……ダ……」

と声をかけるが、小さすぎて、他の声に打ち消されてしまう。

それでまたしょぼりと肩を落とすが、唇をきゅっと結んで、また精一杯つま先立ちになり、

「メ……メ……！」

と顔を赤くして訴えるが、やっぱり聞こえない。

(くそぉっ、焦れったい！　てか冬川さん、売店でパン買うの向いてない！　来るなよ）

心の中で文句を言いながら、教室へ戻るはずの足が止まったまま動かない。古都に近づいてはいけないのに。

「メ……」

と、古都の眉がまたちょっと下がったとき、弘凪は大きく足を踏み出していた。

教室に向かってではなく、古都のほうへ。

「メロンパンでいいのか」

古都が肩を跳ね上げて振り向く。

弘凪が無愛想な顔つきで立っているのを見て、さらに目をむく。

「メロンパンと、他はなんだ」

優しくする余裕がなく、つっけんどんに尋ねると、目を大きく見張ったまま、

「……は、ハム、サンド」

と、混乱している声で答えた。

「メロンパンとハムサンドだな」

こくこくとうなずく。

弘凪は古都からふいっと顔をそむけ、生徒の群れに分け入っていった。

本当のところ、弘凪もこうした争奪戦は得意ではない。中学の頃からバレー部に所属しているが、同じ球技でもボールを取り合うバスケは苦手だし、バレーも相手のコートにアタックやブロックを決めるより、レシーブでボールを拾いまくって、味方に繋《つな》ぐほうが楽しいという性分《しょうぶん》だ。

けど、自分から古都とまたしても関わってしまったことに腹を立てていて、早くこの場から立ち去りたい気持ちで、ぐいぐい前に進んでいった。みんな必死なので、横からパンチが飛んできたり、足を踏まれたり、脛《すね》を蹴られたりする。それでも負けずに進む。

（ああ、もう絶対、オレは学校の売店でパンは買わない！）

そう決意しながら、

「おばさん！　メロンパンとハムサンド！」

と普段コート以外で張り上げることのない声で、叫んだ。

「ほいよ、メロンパンはそれで最後だよ！」

周りから「えーっ」という声が上がり、弘凪の手に二百五十円と引き替えに、メロンパンとハムサンドが渡される。

それを持って、またもみくちゃにされながら戻ると、古都が一見無表情に見える顔で、弘凪をじーっと見ていた。

弘凪がずっと綺麗だと思っていた、あの透きとおった瞳で、じーっと。

弘凪は口の端をむっつりと下げたまま、古都のほうへ戦利品を差し出した。

「これでよかったか」

古都の幼げな唇が、小さく動く。

「あ、ありが……とう」

それから手に握っていたピンクの財布から、慌てたように百円硬貨を二枚と五十円を一枚取り出し、弘凪のほうへ差し出した。

それを受け取り、パンを渡す。

古都は弘凪を見上げていて、弘凪は古都を睨んでいる。

一瞬だけ触れた指先に静電気が走ったような刺激があり、古都と見つめあっていることに気付いて、ひやりとした。

急に居心地が悪くなり、視線をそらす。そうして、朝と同じように、

「じゃあ」

と、つぶやいて、今度こそできるかぎりの早歩きで歩き去った。

古都が後ろで「あ」と小さくつぶやいたが、聞こえないふりをし、

（このバカ凪）

と、自分で自分を叱責《しっせき》する。空っぽの腹が、ぐーっと鳴った。


「くそぉ、腹減った」

昼休み終了五分前。予鈴を聞きながら、机に顔をぐったりと押しつけぼやいていると、

「あれ、向井？　売店にパン買いにいったんじゃなかったのか？」

とクラスメイトが尋ねた。机につっぷしたまま、

「混んでて買えなかった」

と、つぶやく。

「ああ、あそこは戦場だからな。遠慮してたら食いっぱぐれるぜ。がんがん進まねーと」

「だな」

「まぁ、次は頑張れ」

「……次はねぇよ」

低い声で相づちを打ったそのとき。

ふいに、甘い香りがした。

顔を横に向けると、タッパーに栗羊羹《くりようかん》が並んでいた。二センチくらいに切り分けてある。

（なんで羊羹？）

一体、どこからでてきた？

目をぱちくりとさせ、体を起こすと、

「どうぞ」


大人っぽい艶《あで》やかな声と一緒に、今度は短い竹串が差し出された。

さらに顔を上げる。

すぐ前で、さらりとした長い髪を肩からたらしたどえらい美人が、クールな眼差しで弘凪を見つめている。

一度も話したことはないが、彼女の名前を弘凪は知っている。

佐伯冴音子《さえきさおこ》。

二年生で、家は老舗の和菓子《わがし》屋で、化学部に所属している。美人だけど変わり者だと、みんなが噂している人だ。

「お昼、食べ損ねたのでしょう」

「そうですけど……」

「下心があるのだから、遠慮しないで」

「下心って？」

周りの視線が痛い。みんな聞き耳を立てている。

冴音子は漆黒《しっこく》と表現してもいいほど黒々とした瞳に怜悧《れいり》な光を浮かべたまま、弘凪の耳にすっと顔を近づけた。

心臓がドキン！　と大きな音を立て、遥平にそうされたときとは比べものにならないほど動揺する。

（うわ！　なんだ、この人！）

体を後ろへそらして少しでも離れようとする弘凪に、冴音子が艶《つや》のある声で、静かにささやいた。

「きみ、相羽遥平くんの彼女が好きでしょう？　わたしがとりもってあげるわ」

三章 × 誘惑者は、栗蒸し羊羹《ようかん》を差し出して

CRIME AND PUNISHMENT IN THE CASE OF MUKAI HIRONAGI

授業をサボったのは、はじめてだった。

化学室は校舎の四階のはずれにあり、この時間は使われていないらしく、ひっそりと静まり返っている。戸棚にビーカーや試験管が並び、なにかの薬品の匂いがする。窓に暗幕のカーテンがかかっていて薄暗いのも、不気味な感じだ。

「女の子に授業をサボらせて暗い部屋に連れ込むなんて。きみは相羽《あいば》くんと違って真面目で常識的な人かと思っていたのに」

溜息をつく冴音子《さおこ》に、

「『邪魔が入らない良い場所があるわ』ってオレをここまで案内した人が、非難がましく言うのはやめてください。あんなこと言われたら、授業なんて聞いてられるわけないでしょう」

相羽くんの彼女が、好きでしょう、なんて。

あの瞬間、心臓が止まりかけた。

本鈴が鳴り響く中、ちょっと来てくださいと冴音子を廊下へ引っ張ってゆき、

『なんですか、今の。どういうことですか』

と迫ったら
『廊下で立ち話をしていたら、じきに先生が来るわ』

とここへ案内されたのだった。

(どういうつもりだ、なにを考えているんだ)

険しい目で睨《にら》んでいる弘凪《ひろなぎ》に、冴音子はしれっとした顔で羊羹《ようかん》を再び差し出した。

「まぁ、お食べなさい、腹ぺこくん」

「いりません」

「苛々《いらいら》しているときに甘いものを食べると、落ち着くのだけど。それにこの栗蒸し羊羹は店でも食べられない、わたしの秘密レシピよ。それを、このわたしと差し向かいで味わえるなんて、またとない僥倖《ぎようこう》よ。今日のきみは神様に愛されているわ」

冗談じゃないと、弘凪はカッとなった。おかげで腹をすかせていたこともすっかり忘れて、

「あいにく、神様には朝から不信感を抱きっぱなしです。それより、なんであんなこと言ったのか、説明してください」

と強い口調で言う。

冴音子は化学室の椅子に足を組んで座っている。スカートの裾《すそ》から伸びる足はすらりと長く、体つきは女性らしくたおやかで、長い黒髪が肩からさらさらとこぼれ落ちる様子も、文句のつ

けようがなく美しい。

弘凪を見つめ返す顔は陶器《とうき》のようにすべらかで、黒目がちの瞳はくっきりとした二重で、赤い唇《くちびる》は香り高い花のようだ。

頭の天辺から爪の先まで整いすぎていて、人間味が感じられないほどだ。

そのくせ、自作とかいう栗蒸し羊羹を竹串で刺して、ぱくぱく食べている様子はひどく俗っぽい。いつの間にかお茶まで淹《い》れている。

大きな湯飲みからゆっくりと飲んで、肩をすくめる。

「やれやれ、若者はせっかちね。それとも待ちきれないほど、わたしの申し出に興奮したということかしら？　それは了承ということね」

「しません、一ミリも。てか、若者って、オレとあなたは一学年しか違わないですよね。若造扱いしないでください」

「若造ほどそうやって、ムキになるものよ」

「っっ」

なかなか本題に入らないのは、弘凪を焦らして楽しんでいるのか？　弘凪が古都《こと》に想いを寄せていたことを、この得体の知れない先輩は知っているのだろうか？　教室で口にしたあの言葉は、出任せではなかったのか？

（いや、惑わされるな）

誰かに古都のことを話したことなんて、これまで一度もないのだから。冴音子が知っているわけがない。この人のペースにはまって、余計なことを口にしてはダメだ。

呼吸を整え、気持ちを落ち着け、弘凪は落ち着いた口調で言った。

「そもそも前提が間違ってます。冬川《ふゆかわ》さんはオレにとって友達の彼女で、それ以上でも以下でもありません。オレ個人と冬川さんは無関係だし、佐伯《さえき》さんが言ったような特別な関心もありません。ええ、まったく」

冴音子が湯飲みから、またお茶をこくりと飲み、それを黒い耐熱テーブルに戻す。そして、艶《つや》のある黒々とした瞳を弘凪に向けて、

「まったく関心のない相手を、きみはあんな切なそうな目で見るのね、向井《むかい》くん」

おかしいわねぇ、というように言った。

「！」

喉《のど》がぐっと詰まる。

自分はそんな目で古都を見ていたのか？　そんな——気持ちが内側からあふれ出ているような目で。はたから見たら、自分が古都を好きなことは、バレバレだったのか？

手のひらから汗が噴き出てくる。心臓がドキドキと高鳴り激しく動揺《どうよう》する弘凪を、冴音子が冷静な目で見つめている。

その黒々とした瞳から逃れたい気持ちになりながら、声を荒げる。

「ただの言いがかりだ。友達の彼女を、そんな怪しい目で見たりしないし、好きになるとかありえないし。てかっ！　仮にそうだとしても――いや、百パーないですけど、あくまで仮に、そうだったとして、オレと冬川さんをとりもって、佐伯さんはなんかメリットがあるんですか？　ひょっとして遥平《ようへい》のことが好きで、冬川さんが邪魔だから、他の男とくっつけようとしてるんですか？」

弘凪の反撃を、冴音子があっさり受け止める。

「惜《お》しいわ」

「え」

「半分正解で、半分はずれね」

あんまり冴音子が平然としているので、弘凪はぼーっとしながら、

「正解って、どっちが……？　やっぱり遥平のこと」

と、つぶやくと、

「そっちははずれ。相羽くんと冬川さんを別れさせたい、が正解」

「なんで？」

「相羽くんのことが、嫌いだから」

「はぁ？」

口をぽかんと開けてしまう。

遥平が、嫌い？

だから古都と別れさせたい？

頭の中で、言葉が繋《つな》がらない。冴音子の外見はどこまでも和風なのに、言語の通じない外国人と話しているみたいだ。

あんまり唖然《あぜん》として開きっぱなしの口に、冴音子が竹串に刺した栗蒸し羊羹を、素早く差し入れる。

口の中に、品のある甘い味が広がる。

が、なんの前ぶれもなくいきなりそんな大きなものを突っ込まれて、飲み込むことも吐き出すこともできず、口に羊羹をつめたまま唸《うな》ってしまった。

なんとか咀嚼し飲み込むと、冴音子が別の湯飲みに注いだお茶を、タイミング良く差し出す。

それを受け取り口に含むと、ほどよい温度な上に、えもいわれぬまろやかな風味がした。これは高級なお茶だと、高校生の弘凪にもわかる。流し込むように飲み干し、ようやくつかえがとれ、人心地ついた。

「どう？　わたしの秘密レシピによる、スペシャル栗蒸し羊羹は」

「……死ぬかと思いました」

「そう、昇天しそうなほど美味《びみ》だったのね。きみの味覚は正常よ」

冴音子が真顔でうなずく。

弘凪は反論の気も失せるほど、ぐったりした。

暗がりで、つかみどころのない会話をしているせいだろうか。だんだん冴音子が魔女っぽく見えてきた。こういう人には、逆らわないほうがいいのかもしれない。

「もうひとつ、どうかしら」

と竹串で差し出された栗蒸し羊羹を、素直に受け取る。端《はし》から少しずつ囓《かじ》ると、栗の甘さと羊羹の甘さが絶妙に混じり合っていて、香りが口の中にふわりと広がってゆくような上品な味がした。

冴音子がお茶も淹れ直してくれる。やはり美味《おい》しい。

「あの、話を戻していいですか」

低姿勢で尋ねると、鷹揚《おうよう》にうなずいた。

「ええ、どこまで進んだかしら」

「遥平が嫌いだって」

「そうだったわね」

「なんで遥平のこと、嫌いなんですか」

冴音子が口にするのも嫌だというように、顔をしかめる。

「いいかげんで、誰にでも愛想がよくてへらへらしていて、万事に適当で怠《なま》け者で、手を抜いていても、やればあっさりできてしまって、人生ナメてて、見ていてムカつくから」

弘凪が引くほど滔々《とうとう》と語る。

「自分の内面には踏み込ませないくせに、相手の中身は見透かして、おだてたり親切にしたりしたり、わざと頼ったりして、相手に自分だけが味方だと錯覚《さっかく》させたり——人によって態度を変えるところがいやらしいったらないわ。自覚して平然としているところが、さらにいやらしい。あれは唾棄《だき》すべき悪の申し子よ。あのさらささの髪を、いっそバリカンで坊主刈《が》りにしてやりたくなるときがあるわ。あのきらきらした笑顔にも、ガムテープをバッテンの形に貼ってやりたいわ。それくらいされて当然の男よ」

「あ、あの……そのへんでもう」

友人の悪口を聞かされるのは気持ちの良いものではない。それを差し引いても、冴音子の語りは強烈で、冷や汗が流れてくる。

けど冴音子は湯飲みをつかんだ手を震わせながら、

「だから見ないようにしていたのよ。なのにふざけたことに相羽遥平の分際で、彼女なんて作ったというではないの。おかげで朝から相羽遥平の名前を、教室や廊下のみならず女子トイレの個室で便器に座っている最中でまで耳にすることになって、一年生の廊下を通りかかったら、彼女の隣で普段の十倍掛けでへらへらしてしまりのない顔をした相羽遥平ふぜいを見せられて、ストレス増大よ。相羽遥平ごときが、部活仲間に彼女を紹介して公認カップルになって、にやけまくりだなんて」

弘凪は、ただただ唖然だ。

永遠にしゃべり続けそうだった冴音子が息を切らし、お茶で喉をしめらせたタイミングで、そっと尋ねる。

「あの、遥平のやつ、佐伯さんになんかしたんですか？」

ここまで嫌われるなんて、ただごとではない。けど冴音子は目を鋭く光らせ、きっぱり、

「そうね、わたしと同じ時代に生を受けて、わたしと同じ学校に通っていて、わたしの前にあの軽薄極まりない邪悪な顔をさらしたこと、そのすべてが罪といえるわ」

「って……」

それこそ、ただの言いがかりでは。

おかしな先輩に、おかしな論理で嫌われて、悪意に満ち満ちた妄想をされ、遥平が気の毒になる。この人は、やっぱりヘンだ！　大多数の女子は、遥平に笑いかけられると嬉しそうにはしゃいだり、頰《ほお》を染めてもじもじしたりするのに。

冴音子は恥じらいに頰を染めるどころか、えらいしかめっ面になり、

「というわけで、わたしはわたしの平穏で静寂な生活のために、ストレスの元を取り除くことにしたの。本当は相羽遥平自体を宇宙の果てに捨ててこれるといいのだけど、残念なことにわたしには宇宙船を飛ばす権力も財力もないわ。一介の女子高生であるわたしにできるのは、相羽くんと彼女の仲を裂くことくらいよ。だから昼休みに相羽くんを屋上に呼び出して、彼女と

別れてわたしとつきあいなさいと言ったの」

「は？」

おかしな声を出てしまった。

（今、なんて？）

屋上に呼び出して――告白？

「佐伯さん、遥平のこと嫌いって」

それとも本当は好きなのか！　ツンデレなのか？

「ええ、大嫌い。だから相羽くんがわたしの美貌《びぼう》によろめいて彼女と別れたら、即座に振るつもりでいたのよ。それが相羽くんてば、化学部一の美少女であるわたしに、なんと言ったと思う？」

「さ、さぁ」

化学部一の美少女って……化学部に彼女以外に、女子部員はいるのだろうか？　みんな彼女の奇行にびびって退部したと聞いているけれど……ひょっとしたら部員自体、いないのではないか。

冴音子は肩をぶるぶる震わせたあと、大いに憤慨し、

「『冗談キツいっす』って笑いやがったのよ！　で、あっさり『それにオレ、彼女いますから』って。一秒も思考せずに、息を吐くようにさらりと！」

冴音子の言葉にホッとする。

古都という彼女がいるのに、他の女性とつきあう遥平など見たくないから。

同時に、複雑な気持ちも味わっていた。

冴音子は変人だが、外見だけなら化学部一どころか、学校一の美人で通るほどだ。そんな相手に告白されて少しもためらわずに断った遥平は、古都のことを本当に好きなのだろう。

遥平が二股をかけて、古都が小山内《おさない》すず穂《ほ》のように泣かずにすんでよかったと思いながら、がっかりもしている自分に気付いて、息が苦しくなった。

（オレは、汚いやつなのかもしれない）

そんな風に自己を否定することは、やりきれないことだった。なので自分の醜《みにく》さを隠すために、弘凪は遥平の弁護をした。友人として、冴音子に反論したいという気持ちも確かにあったのだけれど……。

「その……遥平は女の子にモテるしノリも軽いから、遊んでいるように見えるかもしれないけど、そんなことは全然なくて、ここ二年くらい告白も全部断ってて。冬川さんは、遥平が自分から好きになってつきあった、はじめての子なんです。あんなに一人の女の子に入れ込んでいる遥平なんて、幼《おさな》なじみのオレでも見たことありません。だから遥平の気持ちを変えようとしても無駄です」

語るほど、胸にむなしさが積もってゆく。

本気にならない遥平が、古都には本気になった。

きっと遥平の気持ちは変わらないし、そんな遥平に想いを寄せられた古都も、他の男に目移りするはずがない。

冴音子が肩にこぼれてきたまっすぐな黒髪を、後ろに振りやる。そうした仕草が匂やかで絵になる。

「そうね。相羽遥平なんかに告白するなんて、わたしも愚かなことをしたわ」

目つきが静かで、どうやら冴音子も冷静になってくれたらしい。肩から力を抜きかけたとき。

「けど、購買部の前で、向井くん――きみと冬川さんを見かけて、これはいけそうだと天啓を受けたのよ」

また冴音子が話を蒸し返した。しかもすべて見通すような、力のある怜悧《れいり》な眼差しで。

「いけそうって」

冴音子の目力に圧倒されながら、視線をそらし、いかにもくだらないというようにつぶやいてみせると、

「きみは、冬川古都さんのことが好きでしょう」

喉元に刃物を突きつけられたような気がした。冴音子のあおりに乗せられてはいけないと自分に言い聞かせ、冴音子との話はうんざりだという態度を貫く。

「だからそんなことありません」

化学室にただよう薬品の匂いが急に気になって、皮膚《ひふ》がぴりぴりする。黒いカーテンが光を遮っているせいだろうか。部屋の中がひどく寒い。戸棚の中のビーカーが冷たく光っている。それよりももっと冷たい、黒々とした、容赦《ようしゃ》のない眼差しで弘凪を見つめ、冴音子が言う。

「冬川さんも、きみのこと意識している」

「え」


速い鼓動《こどう》を刻んでいた心臓が、停止する。

五時間目の授業の終わりを告げるチャイムが、ひんやりした化学室に鳴り響いた。

それを遠い世界から聞こえてくる警告の調べのように感じながら、弘凪は言葉を失ったまま、冴音子の整いすぎた美しい顔を見ていた。

(そんなことあるわけない、オレを協力させるための出まかせだ)

そう思おうとするが、心は乱れていて――。

否定の言葉を口にしようとし、何度かぎこちなく唇を動かしたが乾いた息が漏《も》れるばかりで、ようやく、

「授業……終わったから、教室戻ります」

そう言って、薄氷《はくひょう》を踏むような臆病《おくびょう》な足取りで化学室をあとにした。

◇　◇　◇

教室に着くと、遥平が弘凪の席で待っていた。

「よぉ、弘凪」

手をあげて合図されて、心臓がドキンと鳴った。

体がこわばって、

(佐伯さんとの話を、全部聞かれてたんじゃないか)

そんな妄想がわいて足がすくんだが、むりやり歩を進める。

脇の下に汗をびっしょりかきながら、

「なんだ、またノートか」

と顔をしかめてみせると、遥平は周りにたまっていた弘凪のクラスメイトたちを、

「またあとでな」

と散らし、机に頬杖をついて弘凪を見上げながら、にやにやした。

「二年の佐伯さんと、五時間目の授業を、まるまるサボったんだって?」

また心臓が高く鳴る。

遥平の笑みが濃くなる。

「佐伯さんが羊羹持ってナンパしに来て、逆におまえがナンパし返して、佐伯さんを連れ出したって聞いたぞ。で、ずっと戻ってこなかったって。やるじゃん」

弘凪のクラスメイトから、冴音子と二人で教室から出て行ったことを聞いて、からかっているのだとわかり、こわばりが少しだけほどける。

それでも、まだひどい顔をしていたらしい。

「なに青ざめてんだよ、まさかマジにあの人とできちゃったんじゃないよな？　え！　まさかそうなのか？」

と、それまでからかいモードだった遥平が目をむいて、身を乗り出してくる。

「意外性ありすぎだろ。いや、あの人はやめとけ。おまえの手に負える相手じゃない。なんつーか、あれは異世界人だ」

声をひそめて、忠告までしてくる。

「違う」

弘凪が低い声で言うと、

「いや、マジ異世界人だって」

と繰り返し、

「そうじゃなくて、できちゃったとか、ないから」

と険しい顔のまま伝えると、遥平はようやく、

「はーっ、よかった」

と椅子に座り直した。

「あんな人が親友の彼女になったら、困る。弘凪に彼女ができたら、オレんとこと一緒にキャンプとか行こうって楽しみにしてたのに。あの人、キャンプに和菓子《わがし》の三段重ねとか持ってきそうじゃね？　普段も、幽霊屋敷のはしごとかしてそう。そんで幽霊に議論かまして、自信喪《そう》失《しつ》させるの」

と、冴音子が聞いたら遥平への憎しみがつのりそうなことを言った。それからまた弘凪を見上げて、

「じゃあ、一時間も、佐伯さんとなにしてたんだ？」

「……廊下、出ないか」

ここでは話しにくい。女子が聞き耳を立てている。

遥平も察したようで、

「オッケー」

と席を立ち、弘凪と一緒に歩き出した。

廊下へ出て、さらに人気のないほうへ移動し、そこでようやく弘凪は冴音子の企《たくら》みを打ち明けた。

「佐伯さんに、遥平と冬川さんを別れさせる手伝いをしろって言われた」

古都への気持ちを指摘されたことや、古都が弘凪を意識していると言われたことは、心の奥にしまいこむ。

「佐伯さん、おまえに告ってあっさり振られたって、怒ってた」

遥平は特に驚きもせず、

「あーなるほど、そんで弘凪、すっげー怖い顔してたのか」

と納得していた。

冴音子に対しても、

「あの人らしーっつーか、やっぱ思考が異世界人つーか。前にバスケ部の練習試合で助っ人やったとき、あの人が試合のあと饅頭《まんじゅう》を差し入れて、オレが食おうとしたら『きみはダメ』って、手をぴしゃりとやられたんだぜ。オレ、あの日の得点王だったのに。他にもなんかオレ、嫌われてんなーって」

と肩をすくめた。

実際激しく嫌われているわけだが、それも黙っておく。

「てか、オレに振られたって、あれ告白じゃねーだろう。これまでさんざん睨まれたり、嫌味言われたりした相手から、すっげー無表情で、わたしとつきあいなさいなんて言われても、冗談としか思えないだろ」

確かにその通りだ。いくら冴音子が美人でも、なにか裏があると警戒してしまうだろう。

弘凪があきれ顔のあと、頰を引きしめて男らしい表情になり、さらりと言った。

「それにオレ、古都と別れる気ねーし」

「……そうだよな」

◇　◇　◇

放課後、廊下に出ると冴音子が待っていた。

「わたしの話、考えてくれた？」

弘凪は冴音子を睨みすえ、言った。

「化学室で説明したとおり、オレは冬川さんのことはなんとも思っていないし、たとえそうでなくても、友達の彼女をとろうなんて絶対にしない」

ひややかに見つめてくる冴音子の漆黒《しっこく》の瞳を、じっと見つめ返し、強い声で告げる。

「それは、罪だ」

四章 × 秘密の冒険

CRIME AND PUNISHMENT IN THE CASE OF MUKAI HIRONAGI

翌朝。

母親が早めに用意してくれた弁当を、ありがたく受け取り、弘凪《ひろなぎ》は家を出た。今朝の空は晴れているが、空気は冷たく乾いていて、目と喉《のど》がひりひりする。今朝も寝不足だからだろう。

駅に着き、いつもより三本早い電車の、いつもと違う車両に乗車する。これだけ念を入れれば、古都《こと》に会うことはないはずだ。

古都が乗ってくる駅へ来ると、他の乗客の間で体を隠すようにしながら、ドアが開くのをじっとうかがっていたが、誰も入ってこなかった。

体から緊張がほどけ、小さく息を吐く。

(これで今日はもう安心だ)

鞄《かばん》から図書室で借りたブラッドベリの『十月は黄昏《たそがれ》の国』を出して、ページをめくりはじめるが、好きな作家のはずなのに文章が頭に入らない。昨日化学室で冴音子《さおこ》に言われたことを、また考えてしまう。

——冬川《ふゆかわ》さんも、きみのこと意識している。

(ありえない)

昔から遥平《ようへい》のほうが圧倒的に女子にモテた。弘凪に話しかけてくるのは、遥平狙いの子ばかりだった。

遥平は見た目が爽《さわ》やかなだけでなく、性格も明るくスポーツも万能で、それを鼻にかけることもなく、相手の気持ちや場の空気を読むのがうまい。遥平と話しているといい気分になれるとみんなが言う。

そんな人気者の遥平の彼女が、弘凪のことなど気にするはずがない。

何度も同じことを考えて、同じ結論に達する。なのにまた考えてしまう。

かたかたとゆるやかに揺《ゆ》れる電車に漫然《まんぜん》と運ばれていると、まだ古都の名前も知らなかった頃のことが、甘酸っぱくよみがえる。

弘凪がシートの手前で、図書室で借りたヴォネガットの『猫のゆりかご』を読んでいて、ドアの近くで、スケッチブックを脇にしっかり抱えた古都が、やっぱり図書室で借りたアーラン・エリスンの『世界の中心で愛を叫んだけもの』を読んでいたこと。

お互いに目があって、うつむいて、そのあとドキドキして顔を上げられなかったことや、数日後、弘凪がブラッドベリの『たんぽぽのお酒』を読んでいたら、今度は古都が『猫のゆりかご』を読んでいるのを見て、また目があって、古都が恥ずかしそうにうつむいたこと。

それから、またその数日後に、弘凪が『世界の中心で愛を叫んだけもの』を読み直していたら、それを見た古都が肩を小さく揺らして、頰《ほお》を染めて目を伏せたことも。

心地よい振動が記憶のドアを次々ノックし、それがゆっくり開いてゆくように、あのとき見た情景だけでなく、そのとき感じていたやわらかな気持ちまで、よみがえってしまう。

目を伏せて本を読む、名前も知らない女の子をこっそり見つめながら、もしかしたら自分が抱いているこの甘酸っぱさを、彼女もまた感じているのではないか。

自分たちは、同じ気持ちでいるのではないか。

そんな期待で、胸が痛いほどふくらんだことも——。

（いや、やっぱりあれはオレの早とちりの妄想だったんだ）

甘い感傷を断ち切るように、歯を食いしばる。

古都が目を伏せたのも、緊張しているように肩をすぼめたのも、弘凪にちらちら見られていて、気持ちが悪かっただけなんだ。

それに、もし——。

もし、まんがいち、古都が弘凪に好意を持ってくれていても——。

（オレは、遥平の彼女に想いを寄せたりできない）

それは、罪だ。

冴音子に告げた言葉が、弘凪自身に跳ね返ってくる。
小山内《おさない》すず穂《ほ》の事件以来、女の子たちの告白を断り続けていた遥平が彼女を作って、やっと弘凪も罪から解き放たれたのに。
また罪を重ねたくない。
もし弘凪が古都に手を出したら、それはすず穂のときよりも、はるかに重い罪だ。遥平とも友達でいられなくなる。
重い罰を受ける。

——なんで、おまえが謝るんだ！

——わたし、遥平くんのこと。

眉根《まゆね》を寄せこぶしを震わせ、苦しそうに声を荒げる遥平と、絶望の涙をこぼす小山内すず穂の顔が、目の裏にくっきりと浮かぶ。

体がずしりと重くなり、背中が冷え上がった。

(オレは、絶対に罪は犯さない)

電車を降り、学校に辿《たど》り着く。

この時間は生徒の数もだいぶ少ない。静かな校庭を進み、昇降口で靴《くつ》を履《は》き替えようとして、手を止めた。

(手紙?)

いまどき手紙なんてと、怪訝《けげん》に思う。

飾り気のない白い封筒を手にとり、開封してみる。封筒と同じ白い便せんを出して広げると、紺色の文字が並んでいた。

『無口なあなたへ

たんぽぽのお酒を飲みに来て

冬川古都』

何度も、見直す。

確かに冬川古都と書いてある。字も、古都が書きそうな、やわらかで丁寧《ていねい》な字だ。

一緒に手描きの地図がついている。

おおざっぱだが校内地図のようで、赤いペンで『ここよ』と誘いかけるように矢印がついていた。

(『たんぽぽのお酒』って……ブラッドベリの小説のタイトルだ)

古都も、古いSFをよく読んでいる。

やわらかな文字から、目が離せない。

(いや、どう考えてもいたずらだろう。冬川さんは、こんなふざけた手紙を寄越すタイプじゃない)

あのおとなしい古都が『無口なあなたへ』などと意味ありげに呼びかけるところなど想像できない。

そんなことをするのは、遥平が異世界人と評していたあの先輩のほうで——。

そうだ、これは冴音子の仕業に違いない。遥平と古都が別れるよう協力しろという申し出は昨日、きっぱり断ったのに、あきらめていないのだろう。それでこんな手紙を寄越したのだ。

それ以外考えられない。

ずいぶん長い間、弘凪は手紙を見おろしていたが、後ろから他の生徒たちがおしゃべりしながらやってきて、慌てて手紙と封筒を鞄に突っ込み、その場を離れた。

教室に着いてからも、自分の席でノートに挟んだ手紙を、穴があきそうなほど見つめる。

冴音子のいたずらに間違いないと思っても、なまじ『たんぽぽのお酒』などと古都と弘凪の二人の間で通じる単語が入っているだけに、気になってしまう。

(……なんであの人、オレと冬川さんが古いSF読んでること知ってるんだ？　図書室の本を読んでるのを見たとか？　それっていつから？　遥平が冬川さんのこと公表したのは、おとといだぞ)

その前から、弘凪たちの行動に逐一《ちくいち》注目していなければ、本の趣味までは把握《はあく》できないはずだ。それとも弘凪たちの周りに聞いて調べたのか？　そこまでするか？

なににせよ気味が悪く、昨日、冴音子に強引に交換させられた携帯の番号を呼び出してみる。

……出ない。

唇《くちびる》を嚙《か》んで、携帯を切る。

◇　◇　◇

やがてホームルームの時間になり、そのあと一時間目の授業がはじまった。弘凪は手紙を挟んだノートを閉じて机の中にしまったが、教壇《きょうだん》に立つ教師の言葉にまるで集中できなかった。

(手紙のことを確かめるだけだ)

そう言い訳しながら、一時間目が終わってすぐ、弘凪は古都のクラスへ足を運んだ。

廊下でもさんざん躊躇《ちゅうちょ》し、ちょっと話すだけだ、遥平に後ろめたいことなんてないと言い訳し、息をひそめるようにして教室の中をのぞく。

早く用事をすませて帰りたい。

けど、古都の姿は見あたらない。

出入り口のところで難しい顔をしていたので、古都のクラスの子が声をかけてきた。

「誰か捜してるの？　呼ぼうか？」

弘凪はドキリとしながら、

「あの、冬川さんは」

「冬川さんなら、今、いないよ」

そう答えたのは、別の女子だった。

「なんか授業中ずっと手紙みたいなの見てて、休み時間になるなり、それを持って教室を出ていったから。ひょっとして相羽《あいば》くんのファンから呼び出し状だったりして」

と、好奇心半分の顔で言う。

「ありがとう」

と言って、弘凪は古都の教室をあとにした。

心臓がドキドキと鳴っている。

古都のところへも手紙が来たのか？　向こうにはなんて書いてあったんだ！

冴音子の携帯にまたかけてみるが、やっぱり出ない。古都は矢印の場所へ向かっているのだろうか。

（遥平に話すか？）

いや、『たんぽぽのお酒』のことを突っ込まれたら、電車でのことを話さなければならなくなる。遥平にいらない誤解を与えてしまわないか？　もし弘凪が古都に片想いしていたことがバレたら、また小山内すず穂のときと同じことが起こるのでは？

頭の回路が焼け焦げそうなほど迷ったあげく、弘凪は遥平には告げず、矢印の場所へ行ってみることにした。ポケットに突っ込んできた手紙を開き、位置を確認しながら進む。

廊下の端《はし》から渡り廊下へ出て、そこから外へ降り、校舎に沿って歩いてゆく。おおざっぱすぎて、少し迷ってしまった。

辿り着いたのはサッカー部が部室として使っている、プレハブ小屋の前だった。

天気が良いので、朝のうちに洗濯をして干しておいたのだろう。

黄色のユニフォームの群れが、風にはたはた揺れている。

（って、黄色＝たんぽぽってか？）

花びらのように薄いユニフォームが、風にあおられ揺れ動く様子が、お酒を飲んで酔っぱらってふらふらしているようにも見えて、ちょっと感心していると、後ろで人の気配がし、

「あ」

と小さな声がした。

振り返ると、手紙を持った古都が肩をすぼめて立っていた。

古都は弘凪の手もとを見ている。そこに、古都が持っているのとまったく同じ便せんに書かれた手紙がある。

弘凪は頬が熱くなるのを感じながら、急いで言った。

「冬川さん、ヘンな手紙もらっただろ」

古都が戸惑いの表情のまま、うなずく。

ひらひらと踊る黄色のユニフォームの群れの前で、お互いぎこちなく手紙を見せ合うと、古都の手紙には、

『はにかみ屋のきみへ

たんぽぽのお酒を飲みに行こう。

向井《むかい》弘凪』

とあった。

頬がさらに熱くなり、

「これ、オレじゃないから」

ときっぱり言う。

古都も頬をほんのり染めて、

「わたしも……出してない」

と、ぼそぼそつぶやく。それから、一見無表情に見える顔で、遠慮《えんりょ》がちに弘凪を見上げて、

「向井くんの教室へ確かめに行ったら……いなかったから……。矢印の場所へ行ったのかと、思って……」

それで古都も来てみたのだと。

古都と弘凪は、まったく同じ行動をとっていたのだ。

（オレが教室にいたら、その場で確認できていて、こんなところまで二人でくることはなかったってことか）

風と戯《たわむ》れるように無邪気に揺れる黄色のユニフォームに、からかわれているようで、口の端が引きつる。

（絶対、佐伯《さえき》さんだ！　人騒がせすぎる）

わざわざ『たんぽぽのお酒』なんて、弘凪と古都が食いつきそうな単語まで入れて。それに

乗ってしまったことも、悔しい。

古都は、弘凪を心配そうに見ている。

(冬川さんに佐伯さんのこと、どう説明しよう)

これは、きみと彼氏を別れさせようと企む、変わり者の先輩の陰謀《いんぼう》だなんて、とても言えない。

悩んでいると、弘凪と古都の携帯が同時に鳴った。

「わ」

「!」

肩を跳ね上げたのも、二人同時だった。

それぞれ、

「悪い」

「ごめんなさい」

と断って、メールの着信を確認する。弘凪の送信者は、冴音子だった。

すると、隣で古都がぽつりと、

「……佐伯さん」

と、つぶやいた。

「冬川さん! 佐伯さんとアドレス交換してんのか?」

思わず叫んでしまう。

冴音子と古都は、知り合いだったのか！

古都は弘凪の勢いに、もじもじしながら、

「昨日……ウサギ小屋の前でスケッチしているときに、声を、かけられて……『わたしもウサギファンなのよ。ウサギ好き同士情報交換しましょう』って……」

弘凪はあきれた。

あの人の、どこがウサギファンだ！　ウサギの丸焼きとか、平然と平らげそうじゃないか。

きっと古都に接近したのも、遥平と別れさせるという企《たくら》みを秘めてのことだろう。が、どうやら古都には、遥平と別れろとは言っていないらしい。古都にとっての冴音子は、変わり者の美人な先輩くらいの認識なのだろう。音子に近づかないほうがよいと忠告すべきかと、複雑な気持ちにかられながら、携帯に表示されたメッセージを読む。

内容は二人ともまったく同じだった。

『月が無慈悲に照らす場所
※来ないとあなたの秘密を暴露《ばくろ》します』

とあり、また地図と矢印が添付されている。

（今度はハインラインか。秘密って？　誰に？　なにを？）

一瞬息をのんだが、すぐに携帯を切り、眉をぐっと上げて古都のほうを振り向いた。

「どう見てもいたずらだ！　つきあうことはない。放っておこう」

古都は弘凪が不機嫌な顔をしているので、臆《おく》しているようで、

「……そう、だね」

と、おずおずとうなずいた。

◇　◇　◇

が、二時間目の休み時間。

「あ」

「うっ！」

弘凪と古都は、音楽室の前の廊下で向かい合っていた。

古都は小さく目を見張って。

弘凪は気まずげな表情で。

（なんで、冬川さんがいるんだ。放っておこうって言ったのに）

それを口にした弘凪自身が、好奇心に負けて矢印の示す場所に、こうして足を運んでしまったのだから、古都を責めることはできない。

お互い、そわそわと見つめあって、

「ちょっとその、近くを通りかかって」

弘凪が上擦《うわず》った声で言うと、

「わ……わたしも」

古都も細い指をもじもじといじくる。

きっと弘凪と同じように、気になってたまらなかったのだろう。普通に呼び出すのではなく謎を提示して好奇心をかきたてるあたり、冴音子は巧妙《こうみょう》だった。

「矢印……この部屋だよな」

「う、うん……音楽室、だね」

一階の並びにある音楽室は、防音効果の高い壁で区切られ、美術室と違って外から中を見渡せない。

「入って、みる?」

「……うん」

二人でぼそぼそとそんな会話を交わし、弘凪が音楽室のドアを開けようとすると、先に向こうからドアが開いた。

中から、ごつい体格の強面《こわもて》でスキンヘッドの男性が出てくる。

弘凪も古都も驚いて固まってしまったが、スキンヘッドの男性はヤクザでも魔王でもなく、合唱部の顧問《こもん》もしている音楽教師である。

見た目は完全に体育会系で、

「なにか用か?」

と、ぎろりと睨《にら》まれた。

月のようにきらめく頭を、弘凪はまじまじと見上げた。隣で古都も、同じように教師の頭を見ている。

(そうか……〝無慈悲な月〟って……)

「オレの頭がどうかしたか?」

教師のこめかみがひきつるのを見て、弘凪と古都はまたびくりとし、

「いえ、なんでも」

「……ありません」

「失礼します」

「……ます」

と、慌てて去った。

最初は早歩きで、そのあとぱたぱたと駆け出して、人気の少ない階段の下まで来て、二人一

緒に息を切らして立ち止まった。

ハァハァと息を吐きながら顔をあわせたら、仲間意識がわいてきて、

「びっくりしたなー」

「うん」

と、お互い目を丸くして言いあい、

「でも、月って」

「先生の」

弘凪が吹き出すと、古都も一緒にくすりとした。そのまま声をひそめて笑いあう。古都がこんなに警戒心なく笑っているのを見るのは、はじめてだった。

普段、無表情に見える顔が、やわらかくとろけて、すごく可愛《かわい》い。

弘凪もまた、古都の前でこんなに自然体で笑うのははじめてで、すごくすっきりして、いい気持ちだ。

そうやって少しの間二人で笑いあって、目をきらきらさせて見つめあっていた。が、小さな冒険をともにしたという興奮からさめると、急に現実に返り、気まずさが込み上げ、お互いぱっと視線をそらしてしまう。

さっきまで明るかった胸の中が、急に冷たく重くなる。

（冬川さんは遥平の彼女なんだ。他人の彼女と二人きりで、なに笑ってんだ）

楽しかった分、罪悪感が込み上げて、顔がこわばる。古都も困ったように目を伏せてうつむいている。

と、また弘凪と古都の携帯が、同時に鳴った。

それぞれのメッセージを、おそるおそる確認しあうと、

『夏への扉を開けたら』

ハインライン、二連発だ！

あきらかに弘凪と古都の読書歴を把握して、タイトルを仕込んでいる。何者だ、あの人！

それとも、実は冴音子も古いSFファンなのか？　図書室仲間なのか？

顔をしかめながら、弘凪は言った。

「オレ、行かないから。佐伯さん悪ノリしすぎだ、もう無視だ。冬川さんも行くな」

「……うん」

◇　　◇　　◇

が、三時間目の休み時間。

メッセージに添付されていた地図の、矢印が示す場所へ行くと、また古都とばったり会ってしまった。

今度は、校舎の外にあるプールの、シャワー室の前だった。

秋のプールにたたえられた水は、ゴミが混じって濁《にご》り、それが太陽の日射しを吸い込んで、艶《つや》っぽい色合いになっている。シャワー室はプールの出入り口の脇にあり、男子のシャワー室と、女子のシャワー室、どちらも青く塗られたドアがついている。

その前で、弘凪と古都は、また見つめあった。

「……っ」

「……」

自分は行かないと強く断言した手前（しかも二度も！）、どうしても赤面せざるを得ない。

冴音子に踊らされるのはしゃくだが、実はだんだん楽しくなってきているということも、口が裂けても言えない。

けど、もしかしたら古都も……。

古都は居心地悪そうに、上目遣《づか》いで弘凪を見ている。

弘凪は視線を微妙にそらしながら、

「あー……目のさめるような青いドアだな」

「……そう、だね」

と、古都もつぶやく。

青とプールで、〝夏〟ということらしい。

「『夏への扉を開けたら』ってことだから、開けてみるか」

「う、うん……。でも……どっちのドア?」

男子用と、女子用。

どちらもあざやかな海の色だ。

「じゃあ、オレがこっちで、冬川さんがそっちで、一緒に」

「わかった……」

二人して真面目な顔で、ドアと向きあう。

そうして、ノブに手をかけ、

「いくぞ、せーの」

弘凪のかけ声で、同時にドアを開いた。

塩素の香りが、ふわりとただよう。

つるつるした緑の床が藻のようで、壁にとりつけられたシャワーが並んでいる様子は、銀色の蛇の群れのように見える。ただのシャワー室のはずなのに、幻想的な光景が目の前に広がったかのように錯覚《さっかく》して、しばらくぼぉっとしたあと、横を向く。

古都も、同じタイミングで弘凪のほうを見る。

透きとおった瞳におだやかな光がにじんでいて、口元がほんの少しほころんでいるのを見て、弘凪は自分が見た光景を、古都もまた見たのだと感じた。

弘凪の唇がほどけ、胸に優しいぬくもりが広がる。

その甘いぬくもりをわかちあっていたとき、携帯が同時に鳴った。


『電気羊がお出迎え』


新しいメッセージと矢印のついたおおざっぱな地図を、弘凪はあきらめの心境で見おろした。

きっと、また行ってしまうのだ。

きっと、また会うのだ。

隣で古都も、携帯の画面をじっと見つめている。古都の透きとおった瞳が、並んだ文字を映していて、そこに押さえきれない好奇心が淡く浮かんでいる。

弘凪はボソリとつぶやいた。

「昼休み……一緒に行ってみるか」

古都がぱっと弘凪のほうを振り向く。

驚いている顔で弘凪を見上げたが、やがて頬と唇をほんの少しだけほころばせて、嬉しそうに、ささやいた。

「……うん」

◇　◇　◇

昼休み。

弘凪は一階の隅の階段の下で、周りを気にしながら古都を待っていた。

これは遥平に対する裏切りではないか？　いや、デートに出かけるわけじゃあるまいし、ちょっと校内を探索するだけだ。まだ罪じゃない。まだセーフだ。

繰り返し自分に言い訳しながら、それでも人が通ると、体が硬くなってしまう。

（やっぱり……遥平に悪いって思っているかな……。冬川さんのこと誘わないほうがよかったかな）

ちょっと胸が重くなったとき、古都が走ってやってきた。

小さく息を切らして、顔を真《ま》っ赤《か》にして、

「ご、ごめんなさい……。授業、長引いちゃって……」

と謝る。

一生懸命に走ってきてくれたのだと思ったらジンとしてしまって、本当にデートで待ち合わせをしていたみたいな気分になって、慌ててそれを振り払う。

「オレも今来たところだから」

古都の上気《じようき》した頬や、細い髪が汗で額《ひたい》にはりついている様子や、心配そうに弘凪を見上げてくる瞳を、意識しないように務めながら、言う。

古都の呼吸が整うのを待って、矢印の場所を目指す。

今度は、地下の倉庫だ。階段を降りてゆくのは、地下の迷宮にもぐってゆくような心地だった。空気が地上より、ひんやりしている。

慎重に、慎重に降りてゆく。すぐ後ろで古都の緊張した息づかいを感じて、背中が熱くなる。

じきにドアの前に辿りついた。

鍵はかかっていない。もしかしたら冴音子が事前に開けておいたのかもしれない。

古都のほうを見ると、緊張でいっぱいの顔で弘凪を見ていて、二人でこくりと息をのんで、うなずきあった。

それは、『開けるよ』『うん』という声に出さない会話だった。

弘凪がノブを引く。

すると、すぐ手前に、足のついたキーボードのような形をした銀色の機械が、弘凪たちを通せんぼするように、横向きに置いてあった。宝物庫の番人といったふぜいで、ぎざぎざの銀色の歯が暗がりの中で、光っている。

「なんだ、これ」

「電気編み機……よ」

弘凪の後ろから謎の門番を見ていた古都が、つぶやいた。

「編み機？　って、編み物をする機械のことか？」

古都がうなずく。

「……おばあちゃんが使っていたのが、うちにある……これで編むとお店で売っているみたいに、綺麗にセーターを編めるの……」

「毛糸に電動で、〝電気羊〟か」

「そうみたい……だね」

相変わらず冴音子はうまいところをついてくる。

暗がりの中で見渡す地下の倉庫は、廊下よりさらにひんやりしていて、様々な形の物体が雑然と置かれた様子は、宝の山のようだった。

（ここがダンジョンのラストかな）

といっても、持ち帰る宝物なんてないのだが。

冒険を終えた達成感よりも、わくわくする時間が終わってしまった淋《さび》しさを感じたとき。

また携帯が同時に鳴った。

「って、まだあるのか！」

哀愁《あいしゅう》が吹き飛んでしまう。

弘凪が叫んだので、古都が目を見張る。そんな古都から視線をそらしながら、携帯の画面を確認すると。

『猫が揺らすゆりかご』

「矢印、もろにこの倉庫じゃねー？」

「本当……」

壁のスイッチで明かりをつける。

正体がわからなかったものたちが、弘凪と古都の前に本来の姿をさらす。古い楽器や地球儀や、ホワイトボード、人体模型などがごちゃごちゃと積み重ねられている。

その手前に、ぽつんと、いかにも怪しいクッキーの缶が置いてあった。

「向井くん……あれじゃない」

古都が弘凪の隣で、こわごわとつぶやく。

「ああ、それっぽいな」

弘凪も警戒しながら答える。

二人でゆっくり近づいて、のぞきこむ。

缶は猫の絵がプリントされている。〝猫のゆりかご〟だ。

が、冴音子がお持ち帰り用の宝物を用意してくれたわけではないことは、缶の中から無機質な音が聞こえてきた瞬間に、わかった。

カチカチ……という冷たい音に、弘凪の背筋をさっと悪寒が走り、古都も息をのむ。

「む、向井くん、これ」

「まさか」

カチカチカチカチ……。

猫のゆりかごの中で、音は規則正しく刻まれている。

（いくら佐伯さんでも、爆弾なんて置いておくわけがないし、高校生が簡単に時限爆弾なんて作れるはずが）

いや、弘凪にそちらの分野の知識がないだけで、作れるのかも。今の時代、ネット検索すれば大抵のことはわかるし、冴音子は化学部だ。以前、冴音子が化学部で爆発騒ぎを起こしたと、誰かが言っていた。ひょっとしたら！

「冬川さん、外へ出てて」

「む、向井くんは」

「開けてみる」

「で、でも」

「大丈夫だ。きっとただの缶だ。けど念のため冬川さんは離れてて」

弘凪の言葉に、古都がふるふると首を横に振る。

「わ、わたしも、いる」

「ダメだ」

「だって、ただの缶なんでしょう。なら……平気」

古都は見た目に反して頑固《がんこ》なところがあるようだった。弘凪がいくら外で待つように言ってもきかず「わたしだけ……安全な場所にいるなんて、できない」と訴える。

まるで危機に際した恋人同士の会話みたいで、

(どうせ蓋《ふた》を開けたら目覚まし時計が入ってたってオチなのに、なにを生きるか死ぬかみたいに、盛り上がってるんだ。しかも他人の彼女と)

滑稽《こっけい》さに気づいて顔が赤らみ、

「わかった。じゃあ、せめてオレの後ろにいて」

「う、うん」

古都が今度は素直にうなずき、弘凪の後ろにしゃがむ。

(近いよ、冬川さん)

背中に古都の体温を感じるほどの距離にドギマギしたが、もっと離れろというのも、また先ほどまでの会話の繰り返しのような気がして、黙っていた。

その間も、缶の中からカチカチという音が聞こえてくる。

弘凪は目をこらして、缶の蓋に手をかけた。

硬くて、なかなか開かない。

「っっ」

顔を赤くし、縁《ふち》に爪を立て、思いきり引き上げる。

蓋がゆるんだとたん、缶の中から強い力でぐいっと押し返される感覚がし、ぎょっとした。

(なんだ！)

生き物？　まさか！

その瞬間、緑の物体が勢いよく飛び出してきた。

「うわぁ！」

「きゃあ！」

古都が悲鳴を上げる。弘凪は缶を放り出し、しゃがんだまま体をひねり、古都を庇《かば》うように強く抱きしめた。

小さな体を胸の中に包み込み、しっかりと腕を回す。古都も弘凪にしがみついてくる。

(冬川さんは守らなくちゃ！)

弘凪の汗の匂いと、古都の清楚《せいそ》なシャンプーの匂いが、混じりあう。物が衝突する音がし、続いてなにかが次々なだれ落ちる音が、倉庫の中に崩壊の調べのように響き渡って――。

やがて静かになった。

固く閉じていた目を開け、おそるおそる床を見ると、プラスチックのカエルが転がっていた。

（へ？　カエル……？）

さらに視線を移動させると、開いた缶があり、そこにＩＣレコーダーと、バネが設置されているのが見えた。レコーダーからカチカチという時計の音が流れ、長いバネが間抜けに揺れている。

（もしかして……さっき飛び出してきた緑のやつって、カエル？）

さらによく見ると、缶の中に紙が入っており、そこにメッセージが書いてあった。


『思いきり愛を叫んでみて』


「あの先輩はっ！」

愛ではなく、抗議の言葉を叫びたい！　叫びつくしたい！

が、思いきり怒鳴った瞬間、腕の中で古都がびくっ！　とし、抱きしめっぱなしだったことに気づいた。

「あ、ご、ごめん！」

大慌てで両手を上に広げて、古都から離れる。古都は乱れたスカートの裾《すそ》を直しながら、真っ赤になっている。

「う、ううん……」

ぽそぽそとつぶやいたあと、うつむいたままもじもじしていたが、そのあと、さらにか細い声で「庇ってくれて……ありがとう」とささやいた
弘凪の顔も、沸騰《ふっとう》したみたいに熱くなった。

「いや、庇ったっていっても、相手、カエルだし」

むしろ、ただのカエルにびびって大騒ぎして、どさくさにまぎれて他人の彼女を抱きしめてしまった！

これは、マズイ。遥平には言えない。

「あの……ごめん」

もう一度、謝る。

「ううん……」

古都の声が、少し沈んだ。

顔を上げると、どことなく淋しげに見えた。そんな様子に引き寄せられそうな心を、むりやり引き戻す。

「教室、戻ろう」

「でも……」

古都がおずおずとつぶやき、なにかを訴えるように弘凪を見上げてくる。

（なんだ、この顔は）

心臓がドキリとしたとき、古都がさらに眉を下げて、目をうるませて、

「ここ、片付けなくちゃ」

困ったように言った。

見渡せば、床に積んであったものや投げ出されていたものが、のきなみ倒れ、えらいことになっていた。

弘凪が放り投げた缶の蓋が、なにかにぶつかって、それが隣のものを倒し、さらに隣のものをという風に、崩壊の連鎖が起きたらしい。

それらを茫然と眺《なが》めたあと、弘凪は、

「あ……」

と、間抜けな顔でつぶやいた。

◇　　◇　　◇

そのあと、古都と二人で後片付けをした。

倒れたものを起こし、崩れたものを、積み直してゆく。

勘違いで古都を抱きしめてしまい、弘凪がめちゃくちゃにした部屋の後始末まで手伝わせて

しまって、いたたまれない。

弘凪が黙っているので、古都もずっと黙っている。

おととい、電車の中で倒れ込んできた古都を抱きとめて、そのあと二人とも口をきかないまま重苦しい雰囲気で登校したときと一緒だ。

（意識しすぎるのも、よくないのかもしれない）

〝友達の彼女〟として普通に会話すればいいだけなのかも。黙っているから、余計に意識してぎこちなくなってしまうのではないか。

そう、自然な感じで、話せたら……。

「……冬川さんって、古いＳＦ、好きなのか」

崩れた資料の束《たば》を積み直していた古都が、驚いた様子で振り返る。

（うわ……唐突すぎたか）

と弘凪はたちまち後悔した。

「えーとその、佐伯先輩のメッセージを見てピンときてるみたいだったし、電車の中でも、よくそっち系、読んでるみたいだったから。『世界の中心で愛を叫んだけもの』とか」

待て、タイトルまで記憶してるって、女子からしたらキモくないか？　ストーカーと思われないか？

また後悔して耳たぶを熱くしていると、古都が前へ向き直り、作業を続けながら、

「うん……大好き」

やわらかな声で答えた。

とたんに、心がすーっと軽くなる。

大好き、という言葉にドキリとしながら、そこに、古都が、電車の中で読んでいた物語の数々を、本当に愛しているという気持ちがこめられていて。

それらの古い物語が、古都にとって身近なものであることが、そのひとことで、伝わってくる気がして。

まるで親しい友達のことを語るように、古都が弘凪に背中を向けたまま、ぽつぽつと話し出す。

「……『世界の中心で愛を叫んだけもの』は、最初に読んだときは、意味がよくわからなくて……何度も、読み返して……それで、そのたび考えが広がっていくのが、楽しくて……。もう、五回くらい、図書室で、借りてるの……。最近読んだのは、アーサー・C・クラークの『幼年期の終わり』で、続きが気になって止まらなくて、徹夜したの。最後のページをめくり終えて本を閉じたときは、すごく圧倒されて……、溜息をついたわ……。次はブラウンの『天の光はすべて星』を借りるの。ディックの『最後から二番目の真実』も気になっていて……」

古都がこんなにしゃべる子だなんて、知らなかった。

心の中に、こんなにたくさんの言葉を詰め込んでいたなんて。

優しい雨音のような古都の声に、耳をすましながら、

(あ、オレもそれ、次に借りようと思ってた。その本、オレもこの前読んで、感動した。……やっぱり本の趣味が合う)

と、あたたかな気持ちになった。

きっと古都が本を選ぶ基準は、自分と同じで……。

「タイトルで、選んでるだろ」

「え」

古都が振り返る。

弘凪は、おだやかな声で。

「本。気に入ったタイトルのやつを、借りてる」

「わ……わかっちゃった?」

古都が恥ずかしそうに首をすくめ、また前を向く。

「オレもそうだから」

と言うと、肩がぴくりと動いた。それから、また小さな声で、おずおずと言う。

「SFって、素敵なタイトルが多いよね……」

「ああ。オレも最初に『たったひとつの冴《さ》えたやりかた』を、タイトルで手にとってから、はまって」

「あ」

突然古都が声を上げたので、弘凪は驚いて口を閉じた。

古都は振り返り、目を見開いて弘凪を見ている。まるで、なにか大きな発見をしたような、そんな目で。

「なに」

緊張して尋ねると、急に哀《かな》しげな表情になり、後ろめたそうに目を伏せ、

「ううん、なんでもない」

と、ぽそぽそと答え、また作業に戻った。

弘凪もいけないことをしている気持ちになり、話題を変えた。

「冬川さんって、遥平とも本の話をするの」

古都はあくまでも遥平の彼女なのだから。弘凪と古都の間で交わす話題は、遥平のことであるべきだ。

背中で、古都の声が聞こえてくる。少し元気がない。

「……ううん。遥平くんは本、読まないから。けど、遊園地や、水族館や、スポーツ観戦や、ゲームセンターに……連れて行ってくれた。みんな、わたしがはじめて行くところばかり……。

その頃は、まだつきあっていなかったけれど……わたしの手を引っ張って、どんどん案内してくれるの。忙しくて目が回りそうで……立ち止まって考えてる暇なんてなくて……でも、楽しかった」

静かな声で、弘凪の親友について語る古都。

さっき古都が本の話をしていたときは、あんなに心地よく感じられた声が、今は弘凪の心を薄い刃のように、ひっそりと切りつけてゆく。

遥平に話しかけられて、唇をほころばせて笑っている小山内すず穂の顔が浮かんだ。いつもうつむいてばかりで目立たない女の子だったのに。遥平と話すようになってから、日に日に明るくなっていって。

綺麗になっていって。

（オレは小山内を変えられなかった。けど、遥平は……）

古都の声は、ますます小さくなり、

「遥平くんと知り合ってなかったら、きっと今も……お休みの日は、家で本を読んだり、絵を描いたりしているだけだった」

――だれかに、好きって言ってもらったの、はじめてだったから……。

バレーボール部のお披露目会《ひろめ》で、恥ずかしそうに頬を染めてうつむきながら、真摯《しんし》な瞳でそうつぶやいた古都。

愛らしさに、先輩たちは古都が去ったあと、

『あぁいうおとなしい女の子も、いいなぁ』

『遥平の彼女にしちゃぁ、ちょっとばかし地味だと思ったけど、一途っぽくて可愛いよなー』

と、溜息をついて賞賛していた。

弘凪も、毎朝電車で見かける女の子を、ずっといいなと思っていた。

はじめは小山内すず穂に似ていたから。

そのあとは、古都自身に惹《ひ》かれた。

弘凪だって古都を見つけていた。

でも弘凪が一方的に見ているだけだった間に、遥平は古都にアプローチして、まっすぐに気持ちを伝えたのだ。

もし自分のほうが先に想いを伝えていたらなんて想定は、無意味だ。時間を巻き戻せるのはSF小説の中だけで、弘凪より遥平のほうが先に古都に告白した。それが動かしようのない現実だ。

それに弘凪では、遥平のように古都を楽しませて、新しい世界を次々開いてみせることもできなかっただろう。

「遥平は、いいやつだろ」

張り裂けそうな胸の痛みをこらえながら、弘凪は低い声でつぶやいた。

古都も静かに答える。

「……うん。優しいし……すごく、真面目だし。わたしに、とっても気を遣ってくれる」

「遥平は見た目と違って、心の中ではいろいろ考えているやつだから」


――謝るな！　バカ凪《なぎ》！


小山内すず穂の事件のとき、弘凪に向かって苦しそうに怒ってみせた遥平。

誰が、あんな女とつきあうかと、震える声で言った。もう、忘れると。

忘れたと。

弘凪の心が見えているわけではないだろうに、後ろから聞こえる古都の声も、小さくなり、深く沈む。

「そうだね……。遥平くんは……なんでも抱え込みすぎるのだと思う」

その言葉にドキッとし、胸をしめつけられた。

遥平のことを、みんな明るく楽しいやつだと言う。

マイペースで奔放《ほんぽう》な、自由人だと。


――遥平くんって、結構淋しがりだし、甘えん坊だよね。


そんな風に自慢げに語る女の子たちを何人も見てきた。遥平のそういう姿を自分だけが知っていると、誤解して。

実際の遥平は一人でいても平気なやつだと思うし、甘えん坊でもない。むしろ、逆だ。

遥平が本来の姿を、見せないだけだ。


――なんでも抱え込みすぎなんだと思う。


遥平を、そんな風に語った女の子は、弘凪が知るかぎり古都がはじめてだった。

だから、胸がしめつけられた。

古都は、明るく奔放で甘ったれに見える遥平の本質を、知っているのだとわかって。

遥平が見せたのだろうか。弘凪にさえ、本心は語らず笑っているやつなのに。

古都には、見せたのか？

息がますます苦しくなる。胸に爪を立てられているみたいで、辛い。

（オレは今、ひどい顔をしていないだろうか）

親友の彼女が、親友のことを理解していることを、喜ばなければならないのに。

「冬川さん……遥平のこと、好き？」

そんな風に尋ねたのは、苦しさに耐えきれず、いっそ致命傷を与えて楽にしてほしかったからかもしれない。古都の口で、はっきりと望みを断ち切ってほしかった。

古都は弘凪を見上げていた。

ためらうように唇を震わせ、透きとおった瞳をうるませ、何度か息を飲み込んだあと、泣きそうな顔でささやいた。

「……好き、だよ」


──遥平くんが、好きなの。


古都の震える声に、小山内すず穂の声が重なる。

泣きながら訴えていた、すず穂。


──好きなの。

――遥平くんが、好きなの。


心臓を貫かれるような痛みを感じながら、弘凪は必死に笑った。

「だよなー。つきあってるんだから、当然だよな。なに訊《き》いてんだろ、オレ。遥平の彼女が冬川さんで、よかった」

まだ、息の根は止められていない。

まだ、想いが残っている。

古都の泣きそうな表情に、すず穂の泣き顔を重ねて、心が震えている。でも、笑う。

「遥平のことよろしくな」

「……うん」

古都が掠《かす》れた声で答える。

そのあとは、二人とも黙りがちだった。

◇　◇　◇

片づけが終わったのは、五時間目の授業がはじまる五分前の予鈴が、鳴り終わる頃だった。

地下の階段を上がったところで、古都が、

「……ずっと言いそびれていたんだけど」

と、おずおずと切り出し、

「昨日、購買部でパンを買ってくれてありがとう」

と、頭を下げた。

あれは、弘凪にとっては、古都に関わるまいとして関わってしまったという情けない出来事でもあり、できれば忘れてほしいことだったので、面と向かって感謝されて弱ってしまった。

どんな顔をしていいのか、わからない。

「いや……冬川さん、売店でパン買うの、慣れてないみたいだったから……」

と、もごもごとつぶやくと、古都は恥ずかしそうに、

「うん。ずっと前に一度行って、そのときなにも買えなかったの。だからわたしには無理だと思って、行かなかったの」

「じゃあなんで、あの日は？」

そう尋ねると、目を伏せて、

「その……いつもは朝、お弁当を作ってくるんだけど、あの日は、ちょっと……間に合わなくて……。今度、ちゃんとお礼をするね」

寝坊をしたのだろうか？　いや、あの日古都は、いつもより二本早い電車に乗っていた。弁

当が間に合わないほどに急ぐ用事があったのかもしれない。

「いいよ、お礼なんて」

できれば本当に早く忘れてほしい。

「……ううん。親切にしてもらったら、お返しをしなくちゃ」

おとなしそうでいて、また頑固なところを見せて、古都が言う。

こういう子だから遥平とつきあえるのだろうと、また胸がズキリとして、

「オレ、寄るとこあるから、こっちから行く」

と、古都と別れた。

少し、遠回りになった。

教室に向かって早足で歩いていると、曲がり角のところに、腕組みした冴音子が立っていた。

黒々と光る怜悧《れいり》な眼差しで弘凪を見つめながら、非難するように言う。

「せっかく二人きりだったのだから、愛の告白くらいすればよかったのに」

「盗み聞きしてたんですか」

睨みつける弘凪に、

「そこまで悪趣味じゃないわ」

と、顔をしかめる。

「部屋から出て来たときの、きみたちの様子を見たら、だいたいわかるわ。愛を叫ぶけものにはなれなかったって」

「あのメッセージ、やっぱり佐伯さんの仕業だったんですね」

それは否定しなかった。それどころか、すまして、

「ええ。向井くんと冬川さんの図書室の貸し出し履歴《りれき》を見て、タイトルを仕込んでみたのよ。普段からあちこちで、うちの高級和菓子を配りまくって地道に築いたコネが、役に立ったわ」

つまりコネを使って図書室のパソコンのデータを、のぞいたということか？

どおりで、弘凪と古都の気を引くピンポイントな単語が、挿入されていたわけだ。

完全な違法行為じゃないか！

冴音子は罪の意識のない顔で、さらりと、

「それにしても、きみたちは本当に趣味があうのね。借りた本がかぶりまくりだった。これは、やっぱり運命ね」

弘凪はカッとした。

冴音子が立っている壁の横を叩くように、手をつく。

「いい加減なこと言うなっ！」

冴音子の顔を上から見おろし、ありったけの怒りを込めて睨みつけると、冴音子は話すのをやめた。

弘凪の豹変《ひょうへん》っぷりに驚いているようで、普通の女の子のように目を丸くして、弘凪を見上げている。

弘凪は、冴音子に噛みつかんばかりの勢いで、言葉を投げつけていった。

「冬川さんは遥平のことが好きなんだ。冬川さん自身がはっきり、そう言った！　オレだって、友達の彼女を好きになったりしない。そんな卑怯《ひきょう》なこと絶対にしない！」

体が火に包まれているみたいに、熱かった。

怒りが止まらない。

冴音子は弘凪を見上げたまま、動かない。

キスできそうな距離で、弘凪はまた叫んだ。

「だから二度と、こんな真似はするなっ！」

頭上で、五時間目の授業の開始を知らせるチャイムが鳴った。

弘凪は壁から手を放し、冴音子に背を向けた。

再び教室に向かって歩きながら、もやもやしてやりきれない気分だった。

冴音子に対して感情的になりすぎたことも情けなくて。頭の中に、遥平を好きだとささやく古都の声が繰り返しよみがえって。

——好き、だよ。

——遥平は、いいやつだろ。

——……うん。優しいし……すごく、真面目だし。わたしに、とっても気を遣ってくれる。

——遥平くんは……なんでも抱え込みすぎるのだと思う。

——遥平のことよろしくな。

——うん。

瞳を淡く揺らして、答える古都。
遥平の彼女——。
(オレより先に遥平が冬川さんに告白して、冬川さんが遥平の彼女になってよかったんだ)
今度は罪を犯さなくてすむ。

喉が引き裂かれそうなほどそう思いながら、頭に浮かぶ古都の哀しげな瞳から、今にも涙がこぼれ落ちそうで、不安で気が変になりそうだった。

◇　◇　◇

母親が作ってくれた弁当は、五時間目の休み時間に食べた。

（冬川さんは……お昼になにか食べられたのかな……）

そんな心配をしながら、里芋や唐揚げを黙々と口に運んでいたら、いつもは美味《おい》しい弁当が喉につかえるようで、全部食べきるのが辛かった。

今日一日で、古都のいろんな顔を見た。

古都がおしゃべりになることがあることも、古都が頑固であることも、義理堅いことも知った。電車の中で古都を見ていたとき、ずっと妄想していた本の話もできた。

――冬川さんって、古いＳＦ、好きなのか。

あれは、弘凪がずっと古都に言いたかった言葉だった。

それをきっかけに古都と親しくなりたかった。古都に近づきたかった。

——うん……大好き。

古都は、やわらかな声でそう答えてくれた。

弘凪が想像していたよりも、もっともっと優しい声で。

特別な声で。

あのとき古都は弘凪に背中を向けていたけれど、どんな顔をしていたのだろう。

無慈悲な月が照らす音楽室から、駆け足で去ったあと、二人で顔を見合わせて、弘凪が吹き出し、古都がくすりとして、そのあと二人でくすくす笑いあったときのような？

それとも、二人で夏色の扉を同時に開けたときのような？

——じゃあ、オレがこっちで、冬川さんがそっちで、一緒に。

——わかった……。

——いくぞ、せーの。

二人で真面目な顔で扉を開けて、そのあと見つめあって、古都はピンク色の唇をほんのりとほころばせていて。あのときみたいな笑顔で？　それとも、もっともっと——弘凪がまだ知らない顔で、幸せそうな顔で、笑っていたのだろうか。

——うん……大好き。

あのやわらかな声をまた思い出しながら、弘凪は古都を思い切れない自分のふがいなさに、胸をひりひりさせていた。

放課後。

部活へ行くために庭を歩いていたとき、ウサギ小屋の前で古都と遥平を見かけた。

目に入った瞬間、雷に打たれたようなショックを受けた。

二人は地面にしゃがみ込んでいて、古都が遥平を抱きしめていた。遥平の体に細い腕を回して、あやすように背中を撫《な》で、耳元でなにかささやいていて——。

二人の横で、表紙を開けたまま投げ出されたスケッチブックのページが、風に激しくはためいている。

昼休みに弘凪の腕に抱かれていた古都が、遥平を抱きしめている！

遥平が古都を抱きしめているのを見せつけられるよりも、ショックを受け、胸を激しく抉《えぐ》られた。

風がざわざわと木々を揺らす。

二人はぴったりとくっついたまま、離れない。

弘凪は、来た道を夢中で駆け戻った。

(あの二人は、恋人同士なんだ。校内でラブシーンをしていたって不思議じゃない)

なのに、実際にそれを目の当たりにして、こんなに体がバラバラに引き裂かれそうなほど苦しいなんて、思わなかった。

息ができない!

足がもつれて肉離れを起こしそうなほど夢中で走り、校庭の水飲み場で上に向けた蛇口から勢いよく水を噴き上げ、それを顔と頭に浴びた。秋の水は浴び続けるとどんどん冷たくなってゆき、突き刺さる痛みに体が震えたが、濡れねずみになるまでそうしていた。

(冬川さんは、遥平の彼女だ! 彼女なんだ! 遥平の彼女なんだ!)

と、心の中で繰り返し叫びながら。

この日、弘凪は、部活へは行かなかった。

五章 × 秋に君を忘れよう

CRIME AND PUNISHMENT IN THE CASE OF MUKAI HIRONAGI

翌日、体が少しだるかった。

風邪でも引いていれば休めたのだが、熱を測ったら平熱で、鼻水も出なければ、咳《せき》もしていない。

母親が用意してくれた弁当を持って、昨日と同じように三本早い電車の、別の車両に乗った。

電車で古都《こと》には会わなかったし、校舎に辿《たど》り着いて、靴《くつ》を履《は》き替えるときも、靴箱におかしな手紙は入っていなかった。

教室で携帯を見ると、バレー部の部長と遥平《ようへい》から、メッセージが届いてた。

——向井《むかい》、今日、部活休むって言ってたか？

——弘凪《ひろなぎ》がサボりなんて珍しいな。なんかあったのか？

送信時間は、昨日の放課後になっている。

部長には、

『すみませんでした。昨日は急用ができて帰りました。オレが部長に連絡するのを忘れていました。あとで挨拶《あいさつ》に行きます』

と送信し、遥平には、

『家の用で帰った。連絡入れるの忘れてた』

と返した。

ウサギ小屋の前で、古都が遥平を抱きしめていたことを思い出して、また胸が疼《うず》いた。

遥平は、あのあと部活へ行ったらしい。

きっと校内で彼女とラブシーンをしていたことなど、おくびにも出さず、いつもどおり誰よりも高く飛んで、華やかにアタックを決めていたのだろう。

あんなこと、遥平と古都にとっては普通のことなのかもしれない。つきあっているのなら、おかしくない。

(今日は……部活に出ないと)

普段真面目に練習に参加している弘凪が、風邪も引いていないのに二日もサボったら、不審に思われる。

こういうとき、自分の几帳面《きちょうめん》さが恨《うら》めしかった。遥平なら一週間くらいサボっても、

『遥平のやつ、仕方がないなー。おい向井、遥平の首に縄つけて引っ張ってこい』

と弘凪が、遥平を連れてくるよう先輩たちに言われるだけなのに。

とにかく放課後になるのが憂鬱で、不登校になる生徒の気持ちを味わっていると、昼休みに古都が弘凪のクラスにやってきた。

後ろの出入り口から、一見無表情に見える小さな顔がちらちらと見え隠れしていたときは、

（え？）

と目を疑った。

視線がぶつかると古都はホッとした顔になり、そのあとまた表情の読みとりにくい顔で、遠《えん》慮《りょ》がちに手招きした。

（冬川《ふゆかわ》さんから訪ねてくるなんて）

一体なんの用だ？

また佐伯《さえき》さんがなにかしたのか？

頭の中に、様々な不測の事態が駆けめぐる。

古都はすぐにドアの向こうに引っ込んでしまい、今は姿が見えない。が、確かに、先ほど小さく手招きをした。

弘凪は目立たないように、周りに気を遣《つか》いながらひっそりと立ち上がり、廊下のほうへ何気ない風を装って歩いていった。

古都は、廊下の正面の壁際に緊張して立ってた。脇にスケッチブックを挟み、手に女子がよく弁当を入れている小さな手提《てさ》げ袋を持って、うつむいている。

昨日、ウサギ小屋の前で、古都が遥平と抱きあっていた情景が頭をかすって、胸の奥がぎゅっとした。

あの細い腕が、遥平の体をしっかりと抱きしめていたのだ。あの子供のように小さな手が、遥平の背中を愛おしそうに撫《な》でていた。

そしてあの淡いピンク色の唇《くちびる》が、遥平の耳にそっと寄せられ、優しい睦言《むつごと》をささやいていたのだと。

皮膚《ひふ》がざわつき、苛立《いらだ》たしい気持ちになる。

(なにしにきたんだ)

暗い顔をした弘凪に古都は臆《おく》したようだったが、一度目を伏せたあと、その目をまた上げ、弘凪を見つめて、

「……今日、四時間目、調理実習だったの」

と、小さな声で言い、手に持った手提げ袋から、赤い紙袋を取り出した。

「これ……ロックケーキ……。パンを買ってくれた、お礼」

弘凪のほうへ、紙袋が差し出される。

古都は唇をきゅっと結んで、透明な瞳をほんの少しだけ心配そうに曇らせて、弘凪を見上げ

ている。

——今度、ちゃんとお礼をするね。

（ああ、〝お礼〟に、調理実習のお菓子《かし》のおすそわけに来てくれたんだ）

さめた気持ちで、そんな風に思った。

親切にしてもらったら、お返しをしなきゃと言っていた。なんて律儀なのだろう。それが誤解を招く行為だと、彼女はわかっているのだろうか。

昨日までの自分だったら、恐縮しながら受け取ったと思う。せっかく冬川さんが持ってきてくれたのだから。これはただのお礼なのだから、特別な意味はないのだからと、自分に言い訳しながら。

そのくせ、わざわざ手作りの菓子をくれるなんて、もしかしたら彼女も自分にほんの少しは好意を持ってくれているのかもしれないと、心のどこかで嬉しく感じながら。

遥平に対して、罪の意識を感じながら。

けど、あのラブシーンを見てしまった今では……。

古都は弘凪をじっと見上げて、弘凪の言葉を待っている。

弘凪は低い声で言った。

「もらえない」

古都の目が、見開かれる。

弘凪が拒むと思っていなかったのだろうか。

だとしたら、無邪気すぎだ。

「こういうのは、困る」

古都の瞳がどんどん曇ってゆき、弘凪のほうへ差し出された手が少しずつ下がってゆくのを、さめた目で見つめながら、なのに胸はきりきりと引き絞られながら、弘凪は最後の決定的なひと言を口にした。

「冬川さんは、遥平の彼女だから」

その言葉を発したときだけ、弘凪は切なそうな眼差しをしていたかもしれない。実際、ひどく切なかった。

古都は小さく息をのんだあと、頬《ほお》をこわばらせ、眉根《まゆね》を寄せ、うつむいた。

ひどく傷ついた顔をしており、

「……ごめんなさい」

と、消え入りそうな声で謝り、帰っていった。

それを見送らず、弘凪は背中を向けた。

胸はひどく疼いていたし、切なさもまだ感じていたが、同時に心の中にさめた目をした自分もいて、これでよかったのだと思った。

教室に戻ろうとしたら、艶《つや》やかな声がした。

「友達の彼女にお菓子をもらうことも、きみの中では罪なの？」

冴音子《さおこ》だった。

今のやりとりを見ていたらしい。不満そうな顔をしている。

「まだ、懲《こ》りてないんですか」

乾いた声で言うと、

「昨日、向井くんに〝脅迫《きょうはく》〟されたこと？　男の子に壁ドンされるのなんて初体験だったから、とっても新鮮だったわ」

冴音子がさらりと言う。

「あれって相当ときめくものね。思わずぼーっと見入ってしまったわ。記念撮影でもしておけばよかった。よかったらもう一度、やってくれる？」

「……断ります」

やっぱりこの人は、話が通じない。

（てゆーか、昨日は、ぼーっとしてるって顔じゃなかったぞ。それとも、あれがこの人の、ぼーっとしてる顔なのか？）

相手をしても、いたずらに精神を疲労させられるだけだと、さっさと教室に逃げ込もうとする弘凪を、落ち着いた声が呼び止めた。

「向井くんは、相羽《あいば》くんに勝てないと思っているでしょう」

足が止まる。

「女の子はみんな、相羽くんを好きになるって」

なにを言いたいのだ、この人は。

「……実際、その通りですから」

背中を向けたまま、平坦な声で答える。すると、冴音子の声にわずかに力がこもった。

「本当にそうかしら。きみは、とても魅力的な男の子よ。容姿も、人柄も、女の子を惹《ひ》きつける要素はじゅうぶんに持っている」

「今度は、おだてて操る気ですか」

「わたしはお世辞は言わないわ。ただきみは、自分の魅力を見せることをためらっている。だから目立たないし、大抵の女の子たちは、きみの隣にいる相羽くんの華やかさに目がいってしまって、きみがお買い得な男の子だってことに、気づかない。けど、きみが本気になって正面から渡り合えば、相羽くんよりきみのほうを好きになる女の子もいるはずよ」

何故《なぜ》、自分はバカみたいに突っ立って冴音子の言葉を聞いているのだろうと、苛立ちが増す。

子供の頃から、遥平に勝ったと思ったことなんて一度もない。

背は遥平より多少伸びたし、成績だって遥平よりいい。部活も来年には順当にレギュラーになれるだろう。

それでも自分が遥平より優れていると思ったことなんてないし、常に光を浴びていたのは、遥平だった。

女の子たちが好きになったのも。

だから、遥平より弘凪を好きになる女の子なんて、いない。

「……そんなこと」

ない、と言い切る前に、冴音子が、

「あるわ」

と断言する。

弘凪が振り返って睨《にら》むと、艶を帯びた黒い瞳でまっすぐに見つめ返しながら、さらに言った。

「わたしの言葉が、お世辞でも謀略《ぼうりゃく》でもないと知りたければ、きみはただ、踏み出せばいいの。きみが欲するほうへ」

胸の奥が瞬間ざわめき、目の裏に古都の透きとおった瞳が浮かんだ。

(オレが欲するほうへ……?)

冴音子が、すっと目を細める。すると厳しい雰囲気がただよう。

「それとも、それは罪だと、またきみは言うかしら? 向井くん」

胸のざわめきが、どんどん強くなる。昼休みで、多くの生徒が行き交う廊下の隅で交わすには危険すぎる会話だとわかっている。教室に戻らなければ。

こんな会話を、誰かに聞かれたら――。

「そうね。罪を犯せば、罰を受けるかもしれない。でも」

「すみません、オレ、メシ食いたいんで」

強引に切り上げ背を向けようする弘凪の腕を、冴音子がつかんだ。

精巧《せいこう》な人形のように整った顔の中にはめ込まれた、最上級の黒曜石《こくようせき》のような瞳――その黒々とした瞳が、弘凪の心の奥底までのぞき込むような強さで、執拗《しつよう》に見つめてくる。

そうして、鋭い声で言った。

「罰を受けてでも欲しいとは、思わないの?」

心の中心に、突き刺さってくるような声だった。

毒が体内に広がり痺《しび》れるような感覚のあと、ウサギ小屋の前で抱きあう二人の姿が浮かび、痛覚が戻った。

「オレは罰を受けたりしません」

はっきりと告げる。

両想いのカップルの、あんなシーンを見せられて、奪ってでも欲しいと思えるほど自分は強欲な人間でも、お目出度《めでた》い人間でもない。

古都を想い続けることは、もうできない。

あの場に居合わせて、あの場面を目撃して、よかった。

何故ならもう、決して罪を犯すことはないから。

◇　◇　◇

放課後、いつもより早めに支度をすませ、体育館へ向かった。

古都の手作りの菓子を断ったことと、冴音子の手を振り払って、その誘惑を毅然《きぜん》とはねのけたことで、もう大丈夫だと確信していた。

もう古都に揺《ゆ》れたりしないと。

「おっ、今日は一番乗りか、向井」

バレー部の先輩たちが話しかけてくる。

「はりきってるな。昨日は連絡忘れたんだって？　おまえらしくねーな」

「すみませんでした」

「いや、おまえ普段真面目すぎだし。うちはもともと全国大会目指しているような強豪チームじゃなくて、ゆるい部なんだから、たまにはサボったっていいんだぜ」

「そうそう。遥平を見習え」

先輩が弘凪の背中を叩く。

「ほんと笑えるくらい正反対だよなー、おまえらって。まぁ、だからうまくいくのかもな、遥平が二人いたら大変だ。あいつがどっか遊びに行っちまったとき、連れ戻すやつがいなくなっちまう」

「あーそりゃ困るな」

先輩たちは笑っている。

「オレは、遥平のお目付役じゃありませんって」

と弘凪はいつものようにぼやいてみせた。

遥平は練習がはじまって、だいぶたってから現れ、

「すんまーせん！　古典の相原《あいはら》先生につかまって、教材の整理やらされてましたー！」

と、けろっとした顔で言った。

「どーせ、罰当番だろ。おまえ、またなんかしたのか」

「二階の窓から出入りすんの、見つかっただけっす。窓は玄関じゃないって」

「もっともだ」

遥平の周りに、たちまちおしゃべりの輪ができる。

「あ、オレ、差し入れあるんっす。休憩にしません？」

「てか、おまえ、今、来たばかりだろー！」

「いいじゃないっすか。ほら、彼女が作ったクッキーあげますから」

「なに、彼女クッキーだと」

弘凪はドキリとした。

遥平は首をかしげながら、

「あれ？　ケーキだったかな？　えーと、見た目クッキーっぽいけど、ロックケーキって古都は言ってました」

――これ……ロックケーキ……。パンを買ってくれた、お礼。

またドキッとする。

「ロックケーキ！　ハリポタに出てくるやつだな！　ハリーが岩男のハグリッドんとこで、ごちそうになるんだ」

「おまえ、その顔でハリポタとか読んでのかよ」

「顔は関係ねーだろ。子供の頃読んだんだよ」

「まぁまぁ、先輩、ほら、古都の作ったロックケーキっすよ」

　遥平が赤い紙袋を出し、そこからラップにくるんだ、厚みのあるクッキーっぽいごつごつした菓子を取り出した。

　古都が弘凪に差し出した、あの赤い紙袋と同じものだ。

（冬川さんは、オレが断ったロックケーキを遥平にやったのか？　それとも遥平の分は別に作ってあったのか？）

　どちらなのかはわからないが、弘凪が受け取らなかったロックケーキを、遥平が先輩たちに晴れやかな笑顔で振る舞っているのを見て、鼓動《こどう》が速まった。

　さっきまで、もう古都に揺れることはないと思っていたのに。こんなささいなことで、こんなに胸がかき乱されるなんて。

　遥平は普段以上に饒舌《じょうぜつ》で、

「どうっす？　彼女ケーキ？　古都は絵もうまいけど、料理もうまいんですよ」

と、のろけている。

「ああ、うまい、うまい。おまえ、冬川ちゃん、嫁にもらえ」

「そしたら先輩たち、披露宴《ひろうえん》でＡＫＢ踊ってください」

「げ、それ、誰が見たいよ」

「オレ、見たいっす」

また笑いが起こる。

遥平が、弘凪にもラップに並んだロックケーキを差し出す。

「ほら、弘凪も食えよ」

理由をつけて断ることもできたが、弘凪は一枚、手にとった。岩のようにごつごつした生地に、干しぶどうとチョコチップが混ぜてある。


――もらえない。

口もとへ運ぶと、バターの香りがした。

――冬川さんは、弘凪の彼女だから。

そう。弘凪は古都の彼氏ではないから、手作りの菓子は受け取れなかった。

遥平は、古都の彼氏だから受け取った。

自分は遥平の友人として、そのおこぼれにあずかっている。

岩のようなクッキーのようなケーキは、表面はごつごつと固かったが、中はしっとりとやわらかだった。

「な、うまいだろ、古都の手作り」

遥平が弘凪の肩に腕を乗せてよりかかりながら、訊《き》いてくる。

彼女のことを褒《ほ》めてほしくて仕方がないようだった。

爽《さわ》やかな眼差しは、女の子なら誰でもときめくだろう。この顔で笑いかけられたら、隣に弘凪がいてもきっと目に入らない。

「ああ、うまい」

弘凪は無難に答えたが、口の中に残るクッキーのようなケーキの名をした菓子は、ひどく甘く感じられて、吐き出しそうになりながら飲み込んだ。


――ごめんなさい……。


透明な瞳を曇らせ、泣きそうな顔でうつむいた古都。

それから、白い頬から涙をほろほろこぼして訴えていた、小山内《おさない》すず穂《ほ》。

——遥平くんが、好きなの。


すず穂の告白を、中学二年生のあの秋の日の放課後、胸を抉《えぐ》られるような痛みを感じながら聞いていた。なにもできず、息をひそめて立ちつくして——。

すず穂の視界の外で。

◇　◇　◇

翌日の朝。

なかなか布団から出ることができなかった。

ゆうべ夢に出てきたすず穂と古都は、どちらも哀《かな》しそうな顔をしていて、目覚めてからも胸がズキズキと痛くて、シーツを強く握りしめて唸《うな》った。

(オレは今、どちらに執着《しゅうちゃく》しているんだろう)

小山内すず穂か？

それとも冬川古都か？

二人の姿が重なりすぎて、自分でもよくわからなくなっていたし、たとえわかったとしても、なんの役にも立たないのは確かだ。

すず穂も古都も、恋する相手は遥平なのだから。

(くそっ、マジ不毛すぎだ)

この日は駅まで走り、遅刻ギリギリの電車に乗り込んだ。この時間なら古都に会うこともないだろうと、いつもの車両に息を切らしてすべり込む。

ちょうどサラリーマンの通勤ラッシュのピークとぶつかり、普段はすいている車内が、かつてないほど混みあっていた。左右から無遠慮に押されながら、吊革《つりかわ》をしっかり握りしめていると、古都がいつも乗車する駅についた。

開いたドアを苦い顔で見ていると、うつむいた古都が入ってきた。

(え!)

弘凪は目を見張った。

なんで、こんな時間に?

肩に通学鞄《かばん》を提げ、脇にスケッチブックを挟んだ古都は、混み合う車両の中に身を縮めるようにして、乗車した。

目が泣きはらしたあとのように、赤い。

もしかしたら昨日、弘凪が古都のお礼を断ったから？　あのあと古都は泣いたのだろうか？

それで赤い目をしているのだろうか？　でも古都は遥平にも菓子を渡していて――。

じっと見ていたら、古都が伏せていた目を上げた。

視線がぶつかるなり、向うもこわばった顔になり、古都はすぐに哀しそうに視線を足下へ向け、そのままうなだれてしまった。

弘凪も目をそらす。

昨日、あんなひどいことを言ったのだ。古都はもう弘凪に決して近づかないだろうし、挨拶もしないだろう。

弘凪も、話しかけない。

遥平からもらって食べたロックケーキの、吐いてしまいそうなほど甘ったるい味が、まだ口の中に残っているような気がして、目をそらし続ける。

泣いている古都を慰《なぐさ》めるのも、古都から手作りの菓子を受け取るのも、彼氏の遥平の役目だ。

そうだ、もう終わったのだ、古都への恋は。

(今度、誰かを好きになるときは、絶対、遥平を知らない女の子にする)

そのとき。隣の客に押されて体が傾いた拍子に、古都の姿が目に映った。周りを体格のよい乗客に囲まれて、小柄な古都は押しつぶされそうになっている。

辛そうに眉根を寄せてうつむいていて、肩が少し震えていて。

(あれ、なんだか……)

様子がおかしい。

弘凪とまた同じ車両に乗り合わせ、昨日のことを思い出してしまい、泣きそうになっているのかと思ったが、ひどく顔色が悪い。哀しんでいるというより、怖がっているような。

肩がびくっと引きつり、目をますます伏せ唇を噛《か》みしめる。スケッチブックの端《はし》をつかむ指も震えている。

（もしかして、痴漢！）

古都の背後に、サラリーマン風の男がぴったりはりついている。男は両腕を下げていて、肩のあたりしか見えない。

古都がまた肩を震わせ、目をぎゅっと閉じた。

唇が助けを求めるように、小さく動く。

「！」

弘凪の頭の中で、火花がぱっと飛び散るような衝撃《しょうげき》があり、次の瞬間、密集する乗客を押しのけて、進んでいった。

「おい、なんだ」

「すみません」

「痛っ」

「すみません」

小声で謝りながら、夢中で古都に近づく。

古都は目を固く閉じたまま、小さな体をますます小さく縮めている。スケッチブックをつかむ指は、青白くなっている。

あと少し！

もう少しだ！

必死に伸ばした手が、スケッチブックをつかむ古都の手に、ふれた。

古都がはじかれように顔を上げる。

涙がいっぱいたまった目で、弘凪を見つめて、

「た――」

助けてと言おうとしたのだろうか。声をつまらせる。

けど、その言葉は、確かに弘凪の胸に届いた。

古都の手を強くつかみ、人と人の間に強引に分け入りながら、古都を自分のほうへ引き寄せる。古都の後ろにはりついていたサラリーマン風の男性が、ぎょっとしたように顔をゆがめる。

弘凪が睨むと、ますますうろたえてドアのほうへ顔を向けた。

電車が駅に到着し、開いたドアから乗客が吐き出されなり、男がその流れに乗って外へ出て、へっぴり腰でホームをダッシュしてゆく。

(くそっ、逃げやがった)

怒りで胸が煮えたぎり、追いかけて殴り倒してやりたかったが、古都を放っておけない。新

しく乗車した客に引き離されないよう、背中で彼らを押し戻しながら、抱きしめていた。古都は弘凪の胸に顔をうずめて、細い肩を震わせている。

電車がまた動き出す。

古都は、顔を上げない。

弘凪のシャツがしめっぽくなってゆく。

弘凪が安心させたくて、古都を抱く腕に力を込めると、

「……かい、くん、わたし……」

断ち切れそうな弱々しい声が、耳をかすった。

「……スカート、切られて……」

やっとのことでそれだけ絞り出して、嗚咽《おえつ》を殺すように、弘凪のシャツに顔を強く押しつけた。

六章 × ほどいた指先

声を殺して泣き続ける古都《こと》を庇《かば》いながら、弘凪《ひろなぎ》は次の駅で下車した。

古都の制服のスカートは、後ろの部分がカッターかなにかで縦に切られ、動かずに立っている分には気付きにくいが、歩くと布が分かれて下着が見えてしまう。

弘凪はホームで自分のブレザーを脱ぎ、古都の腰に巻いてやった。ブレザーの制服の上にまたブレザーを巻くのは風変わりだったが、古都はしゃくり上げながら、弘凪にされるままになっていた。

「なにかありましたか？」

と駅員が近づいてきて尋ねる。

「電車の中で――」と、弘凪が痴漢のことを伝えようとすると、古都が弘凪の腕をぎゅっとつかんだ。言ってほしくないようにうつむいているのを見て、

「なんでもありません。ちょっと電車の中で具合が悪くなっただけです。オレが付き添うので大丈夫です」

CRIME AND
PUNISHMENT
IN THE CASE
OF
MUKAI HIRONAGI

と言って、古都の肩を抱くようにして歩き出した。

改札へ向かう階段を降りる間、古都はずっとうつむいて泣いていて、白い頬《ほお》もシャツの襟元《えりもと》も涙でぐしょぐしょで、声を殺してすんすんと洟《はな》をすする様子に胸が痛んで、

「もっと早く気づかなくて、ごめん」

と、弘凪は古都にだけ聞こえるような、小さな声で謝った。

「ごめん。本当にごめん」

ちゃんと見つめていたら、最初からそばにいたら、あんなやつに手出しはさせなかったのに。

ごめん。

ごめんなさい。

古都の伏せた目からは、ひっきりなしに涙がこぼれてくる。スカートを切られるなんて、よほど怖かっただろう。恥ずかしかっただろう。

古都の手を引いて改札を出て、服を買えそうな店を探して歩く。

学校の二つ前のこの駅には一度も降りたことがない。最初に目についたコンビニには、下着しかおいていなかった。

店が開くのを待つにも、平日の朝に制服を着たままファストフードで時間を潰すわけにもいかず、手を繋《つな》いだまま、ただただ歩く。

ホームに降りてから、古都はまだ一度も顔を上げていない。

HARD BANK

桜の木が立ち並ぶ川沿いの遊歩道は人通りもなく淋《さび》しい雰囲気で、薄暗い。古都が抱えていたスケッチブックが足もとに落ちる。弘凪がかがんで拾うと、涙をぽろぽろこぼしながら自分もしゃがみ込み、素早く奪い返した。

両手でぎゅーっと持ち、胸に抱きしめる。

そうして、その場に体を小さく丸めてしゃがんだまま、弘凪のシャツに顔を埋める代わりに、今度はスケッチブックに顔を押しつけて、肩を震わせた。

「冬川《ふゆかわ》さん……」

「……っ」

声をかけても、動こうとしない。

「ここ、道の真ん中だから、他に休める場所を探そう」

「……」

「頼むから、立って」

「……」

「なぁ」

腕を引いて立たせようとすると、その手を振り払う。

弘凪は途方にくれてしまった。

こんなとき、どうすればいいのだろう。オレと一緒にいるのが嫌なのだろうか。それでうずくまってしまったのだろうか。

でも、ここには弘凪しかいない。

「わかった……なら、いい」

古都の前に弘凪も膝《ひざ》を折ってしゃがみ、そっと話しかけた。

「冬川さんが歩けるようになるまで、ここにいよう」

「……して」

古都がスケッチブックに顔を押しつけたまま、くぐもった声でつぶやいた。

「なに」

顔を近づけて、耳をすます。

すると、また切れ切れに。

「……向井《むかい》くんは、どうして……あそこに、いたの」

「え」

意味がよくわからなかった。

古都は、すんと洟をすすりながら、

「どうして……また、同じ車両に乗っていたの。わ、わたし……時間、ずらしたのに」

と、哀《かな》しげな声で言う。

スケッチブックの革色の表紙に、涙の染みがどんどん広がってゆくのを、弘凪は驚きとともに見つめていた。

「朝……二本早く乗っても、向井くん、いるし。三本早くして車両変えたら……また乗っていて、見つからないように、背の高い人たちの間に隠れていて、押しつぶされて窒息《ちっそく》しそうで、きょ、今日も……もっと時間遅くしても、またいるし……」

(それって、つまり)

古都のほうでも、弘凪と会わないように電車の時間ずらしたり、車両を変えたりしていたということか?

しかも三本早い電車に車両を変えて乗ったとき、古都がいつもの駅で乗ってこずにホッとしていたのに、電車に乗っていた?

「でも、昨日、冬川さんの最寄り駅で、オレ、ドアのほうをずっと見てたけど、冬川さん、乗ってこなかった……」

口にしてから、まるで古都が乗車するのを待ちかまえていたように聞こえたのではないかと、はっとする。

けど古都は、自分の言葉を紡《つむ》ぐのに精一杯のようで、スケッチブックをぎゅっと抱きしめながら、嗚咽《おえつ》混じりの声で言った。

「い、いつもの車両に乗ってから、もしかしたら……また、向井くんに会っちゃうかもしれないって思って、次の駅で、い、移動……したの。そしたら向井くんがいて……後ろから押されて、外へ、出られなくて……」

(そうだったんだ……)

古都のほうも弘凪とはちあわせないよう、試行錯誤《しこうさくご》していたのだ。

弁当をもってこれなかった理由も、きっと弘凪と同じだろう。

(けど、なんで)

その理由を考えたとき、鼓動《こどう》が速くなり、息が苦しくなった。

弘凪が古都を避けたのは、古都を忘れるためだった。

(なら、冬川さんは？)

もしかしたら、それも同じだったのか？

弘凪を忘れたかった？

なんのために？

もし――。

もし、そちらも、同じ理由なら――。

「……もう、電車の中で、会わないようにしようって……思ったのに。遥平《ようへい》くんの彼女になったんだから……会わないようにしようって……」

空気にとけてしまいそうな儚《はかな》い声でささやかれる言葉に、胸の鼓動がどんどん高まってゆく。

会わないようにしようって、いつから？

遥平から『彼女ができた』と告げられた翌朝、弘凪はいつも同じ電車に乗ってくる女の子に、話しかけるつもりだった。会話を何度もシミュレーションして、胸をときめかせ、彼女が最寄り駅から乗車するのを待っていたが、あの日、彼女は現れなかった。

がっかりしながら登校した昼休みに、遥平に古都を紹介されたのだ。

この子が、オレの彼女だと。

「なんで……購買部でパンを買って、親切にしてくれたり、行かないって言ったのに……来たりするの。遥平くんのこと、好きかなんて……訊《き》くの。わ、わたし、遥平くんとつきあってるんだから……好き以外、言えないでしょう……」

古都に訊きたいことがいっぱいあった。

あのとき、どんな気持ちだったのか。

あのとき、なにを考えていたのか。

あのとき、本当は弘凪になにを言いたかったのか。

けど、黒ずんだ桜の木々が並ぶ淋しい秋の遊歩道に小さくうずくまって、傷ついて、哀しんで、混乱して、泣いている古都に弘凪が言える言葉は、たったひとつしかなかった。

もう一度、心から伝える。

「オレが悪かった。ゴメン、冬川さん」

古都の右手がスケッチブックから離れ、弘凪のほうへ伸びる。

怯えるようにおずおずと伸ばされたその手を、弘凪はそっと握った。

古都がスケッチブックで顔を隠したまま、ゆっくり立ち上がる。

「それ、おろしたほうがいいんじゃ」

「……ダメ」

「でも」

「顔、ヘンだから、ダメ」

「ヘンじゃないよ」

「……向井くん、見てない、でしょう」

「でも、ヘンじゃない」

「見てないのに、わかるの」

「わかる」

真剣な声で言い続けると、古都がスケッチブックの脇から、半分だけ顔を出した。

まだ半分隠れた顔は涙で濡れていて、まぶたが腫《は》れぼったく目は充血していて、頬もリンゴのように赤かったけれど、可愛《かわい》らしかった。

弘凪が安心させるように微笑《ほほえ》むと、弱々しく顔をゆがめて、またじーっと半分だけ出した顔で弘凪を見ていたが、やがてそっとスケッチブックをおろした。

弘凪が、

「行こうか」

と言うと、

「……うん」

と、小さくうなずいた。

手を繋いだまま、また歩き出す。遊歩道の途中に小さな公園を見つけて、並んでベンチに座る。

古都がスケッチブックと鞄《かばん》を横に置いて、手を膝の上に乗せたまま黙ってうつむいているので、弘凪も黙っていたら、隣から消え入りそうな声が聞こえた。

「……お弁当、食べてもいい」

「え、ああ」

と、つかえながら答え、

「なら、オレも食べる」

と言った。

古都が小さな手提《てさ》げの中から、さらに小さな弁当箱を出して、膝に敷いたランチマットの上に乗せる。

弘凪も、古都の弁当の三倍ほどの大きさの弁当箱を膝に乗せる。

古都の弁当は、卵と鳥のそぼろを乗せたごはんに、ブロッコリー、プチトマト、黄色いパプリカ、ウサギリンゴという、いかにも女の子の弁当といった構成だった。

弘凪の弁当は、今日はチーズをサンマで巻いた磯部揚げに、ほうれん草としめじの白あえと、鶏《とり》のミートボールと野菜の筑前煮という、昨日の晩ご飯と微妙に似たメニューだ。

それを、黙って食べる。

秋の公園は風が少し冷たく、特にブレザーを古都に貸してシャツ一枚の弘凪は、肌寒く感じた。銀杏《いちょう》の葉が地面に散っていて、どこかで鳥が鳴く声がする。

そっと隣を見ると、うつむきかげんに箸《はし》を動かす古都の、小さな横顔があった。目はまだ赤くうるんでいるが、涙は止まっているようだった。

弁当の量は弘凪のほうが多かったが、古都は食べるのがとてもゆっくりで、ちょうど同じぐらいに食べ終わった。

弁当箱をしまい、

「……店、そろそろ開いてるかな」

とつぶやいて携帯で時間を確認すると、十時少し前だった。

「行ってみよう」

ベンチから立ち上がり、ごく自然に手を差し出すと、古都もうつむいたまま、その手にふれる。

そうして、また二人で歩き出した。

古都は、先ほど泣きながらあれこれ口走ったことを恥じているようで、弘凪と視線を合わせず黙っている。

弘凪は、繋いだ手に本当はもっと力をこめたくて、でもためらっていた。握り返してくる古都の指も力がなく弱々しい。けど、手を放さなくて。

遊歩道をそれて商店街へ出ると、大きめのスーパーが開店していた。二階に衣料品のコーナーがあり、そこで古都の服を選ぶ。

グレイの地味めで平凡な形のスカートを持って試着室に入った古都は、すぐにもとの格好のまま浮かない顔で出てきた。

「着替えなかったのか」

「……スカートだけ変えると、やっぱりおかしい」

と弘凪から目をそむけたまま小さな声でつぶやいて、今度はスカートに合いそうなニットも持って、また試着室に消える。

そうして、スカートとニットに着替えて、出てきた。

スーパーとはいえ、衣料品コーナーはそれなりに種類も多く、今どきの華やかなデザインの服もあったが、普段着っぽい地味な感じの組み合わせだった。わざとそういう服を選んだのかもしれない。

「いいと思う」

とだけ、弘凪は言った。

古都も、ぽそっとした声で、

「……うん」

とだけ答える。

「金、足りる？」

「……平気」

もし足りなければ弘凪が出すつもりだった。が、古都は、

「……これ、ありがとう」

と、弘凪のブレザーを返してよこした。丁寧《ていねい》にたたんであるのが古都らしかった。袖《そで》の部分に少し皺《しわ》がついてしまったのを気にしている風で、

「……ごめんなさい」

と、しゅんとする。

「普段着ててもこのくらいの皺はつくし、もともとだ」

どうということのないようにつぶやくと、申し訳なさそうに、ちょっと眉《まゆ》を下げた。

店の人に、制服を汚してしまったので、このまま着て帰りますと弘凪から説明する。学校をサボって遊んでいるように見られるのではないかと緊張したが、弘凪も古都もそういうタイプに見えなかったからだろう。

「まぁ大変だったわね」

と、店員のおばさんは同情してくれた。

二人そろって頭を下げて、スーパーを出る。

どちらからともなく、また手を繋ぐ。

握るというより、ふれるというほうが近く、指と指が弱々しくからまっているような、そんな危うい繋ぎかたで。

弘凪も古都も、相手の手を強く握ることを恐れているように……。

どちらも、口をつぐんでいる。

「……」

「……」

古都はうつむき、弘凪は古都がどこかにぶつかったりしないように、前を見つめる。

ほんの少しだけ繋いだお互いの手をほどくことができないまま、先ほど歩いた川沿いの遊歩道を、駅に向かって戻ってゆく。

古都の速度に合わせて、ゆっくり、ひたすらゆっくり。

黒ずんだ桜の木々の向こうに広がる空は、目にしみるほど青く晴れていて、空気は少し乾いていて冷たくて、遠くで金木犀《きんもくせい》の香りがした。

（どうしよう）

古都の指先の熱と震えをはっきりと感じながら、胸がしめつけられるような気持ちで思った。

(オレは……冬川さんのことが、好きだ)

電車の中で生まれて育っていった恋は、古都が遥平の彼女になってからも、消えなかった。

それどころか、ますます大きく根を張ってしまった。

決して花が咲くことも、実のなることもない恋なのに。

ただ、ねじ曲がった黒い枝が伸びてゆくだけなのに。

どれだけ否定しても、絶望しても、古都に恋をしているという事実は変わらないと、この瞬間、あらためて思い知らされる。

ぎりぎりで繋がれたこの手を、もっと強く握りしめたい。

そのまま体ごと引き寄せたい。古都がとても好きだと。前から好きだったと。声が嗄《か》れるほど叫び、伝えたい。

口の中に苦い味がいっぱいに広がって、喉《のど》がしめつけられ、息ができなくなってゆく。

――きみはただ、踏み出せばいいの。きみが欲するほうへ。

（友達の彼女を好きになることは、罪だ。オレはまた罰を受けるのか？）

いいや、想うだけなら罪ではない。

けど、言葉にしたら、たちまち罪になる。


——罰を受けてでも欲しいとは、思わないの？

冴音子《さおこ》の言葉が、悪魔の誘惑のように頭に響いた。

（でもオレは——）


「冬川さん……オレは……」


古都と繋いだ指が震える。

古都の指先も、それに反応してぴくりとした。

「オ、レ、は……」

きみのことが——。

動かない唇《くちびる》をもどかしげに動かそうとしたとき、すず穂《ほ》の泣き顔と、遥平の苦しそうな顔が浮かび、弘凪の頭の中心を熱く貫いた。

「……っ」

奥歯を強く嚙《か》みしめ、危うく口にしかけた言葉を、強い意志で飲み込む。

いきなり足を止めた弘凪を、古都が戸惑う瞳で見上げる。

弘凪が目をぎゅっと細め、唇を引き結び、顔をゆがめて脂汗をかいているいるのを見て、息をのんだ。

「向井く……」

「冬川さんに、聞いてほしい話がある」

こわばった声で、弘凪は言った。

遊歩道の脇のはるか下を、音も立てずにひっそりと流れてゆく長い長い川の、欄干《らんかん》。その手前で古都と手を繫いだまま、弘凪は自分と、遥平と、小山内《おさない》すず穂の三人の間で起きた事件のことを語る。

まるで、罪を告白するような気持ちで。

「……遥平とは小学生からのつきあいで、中学も同じだった。クラスは別だったけど、遥平はしょっちゅうオレのクラスに教科書やノートを借りにきてた」

暗く低い声で語る弘凪を、古都は隣で息をひそめて見上げている。繫いだ指先が冷たくなってゆく。

中学二年生。

弘凪も遥平も今より背が低く、今より幼く、でも、遥平は遥平で、弘凪は弘凪だった。

明るく華やかな遥平は女の子たちによく告白をされていて、弘凪はよく取り次ぎを頼まれていた。

遥平が中一のときはじめてつきあった相手は、美人で有名な二年生の先輩だった。その先輩とは二ヶ月ほどで別れて、そのあとも遥平の彼女は二ヶ月から三ヶ月の単位で変わった。

——つきあってくれって言われたから、じゃあ、つきあおう！　って感じ。

と本人は屈託《くつたく》なく答えたものだった。

——だってつきあってみなきゃ、気があうかどうかなんてわかんないだろ。つきあって好きになったら、そのままつきあえばいいし、ダメなら別れればいい。あ、でも、オレ、つきあってる相手がいるときは、告られても『彼女いる』って、ちゃんと断ってるから。

と大真面目に言った。

遥平なりに女の子たちに対して誠実さは持っていて、その結果、思いをぶつけてくる相手とはつきあうし、つきあっている間は浮気はしないということらしかった。

その代わり、別れると決めたら、すっぱり別れる。

――弘凪、オレ、あかり先輩と別れた！　あかり先輩、受験で忙しいのに、オレにマフラーとか編もうとするし。オレ、そういうの重くてダメだ。

と、けろりとした顔で報告する。

そんな遥平は、別れたあとも相手に恨《うら》まれないという特技を持っていた。つきあっていた女の子を友人に紹介して、うまくまとめてしまったこともある。その友人は、ずっとその子のことが好きだったのだ。それを知った遥平は、友人に彼女を譲《ゆず》ったのだった。

なんでそんなことができるんだ？　おまえ、今の彼女と結構うまくいってたじゃないかと弘凪が驚いて言うと、

――いいんじゃん。あっちはあっちで幸せそうだし。それに麻衣《まい》は、気が強いけど脆《もろ》いところがあるから、宮脇《みやわき》みたいに尽くしてくれるやつのほうが合ってるって。

と明るく言い切るのだった。

弘凪と遥平が中学二年生になった、初夏のある日の休み時間。

いつものようにノートを借りに来た遥平が、にやにやしながら弘凪の顔を近づけ、耳もとでささやいた。

──弘凪、おまえ、あの子のことが好きなんだろ。

遥平が目で示してみせたのは、弘凪の席から離れた斜め前あたりに座っている、おとなしいクラスメイト──小山内すず穂だった。

「中学二年生のとき、オレはクラスに好きな女子がいた。内気で、誰ともあまり話さなくて、いつも自分の机で静かに本を読んでいるような子で、オレはずっとその子のことが気になっていたけど、話しかけたりできなくて……こっそり見ているだけだった」

「……」

古都は、息をひそめたまま弘凪の言葉を聞いている。繋いだ指先がほのかにあたたかいのは、弘凪の指がどんどん冷たくなっているからだろう。

「遥平がオレが彼女を好きだと気づいて、オレは……女子と話すのに慣れてなかったから、彼女と親しくなるにはどうすればいいのか、遥平に相談した。遥平は、自分が取り持つと言ってくれたんだ」

――まずオレが小山内に話しかけるだろ。そしたら弘凪が『おまえ、なに小山内さんに迷惑かけてんだ』って感じで、会話に入ってくればいい。そのあとも、オレがうまく盛り上げるから、まぁ任せとけって。

そんな風にして遥平がすず穂に声をかけ、それをきっかけにして、弘凪はすず穂と話せるようになった。

すず穂は口べたで、弘凪と二人きりだと申し訳なさそうに黙ってしまうことが多かったが、遥平と話しているときは、うなずいたり微笑んだりして楽しそうだったし、自分から趣味や家族の話をすることもあった。

「遥平は毎日オレのクラスへ来て、オレと彼女がスムーズに会話できるように協力してくれた。本当に一生懸命オレとその子をくっつけようとしてくれていた。オレもその子が明るく笑ってくれるようになって、すごく嬉しかった」

今まで地味で目立たなかったすず穂が、どんどん朗らかになり、綺麗になっていったこと。

表情が豊かになり、声を立てて笑うようになっていったこと。

髪型を変え、眉や爪を整え、お洒落《しゃれ》をするようになったこと。

それまで、すず穂の名前さえ知らずにいたクラスの男子たちが、

――小山内すず穂って、あんな美人だったっけ。

と、そわそわと噂《うわさ》しあうようになった。

すず穂の変化が誰の影響によるものなのか、夏が終わり、秋が訪れる頃には弘凪も気づいていた。

「だけど……その子が好きになったのは、オレじゃなくて遥平だったんだ」

古都が唇をきゅっと結び眉根を寄せる。弘凪の心情を察して、心を痛めてくれているようだった。

弘凪もまた、あのとき感じた胸が張り裂けそうな痛みを感じていた。

――遥平くんって、今……彼女、いるのかな。

放課後、二人きりの教室で、顔を真っ赤《まか》に染めてうつむきながら、消え入りそうな声で弘凪に尋ねたすず穂。

――あたしじゃダメかなぁ……。向井くん、遥平くんにさりげなく訊いてみてもらえないかなぁ……。ね、お願い。


弘凪のことを、すず穂は『向井くん』と呼ぶ。

遥平のことは『遥平くん』と呼ぶ。

遥平が教室にやってくると、頬をぱっと輝かせる。

遥平の顔をじっと見上げながら、楽しそうに話をする。

全部、全部、気づいていた。


すず穂が遥平に、恋をしていることを。


「オレはその子に、遥平との仲介を頼まれて、断れなかった。その子を明るくしたのも笑わせたのも綺麗にしたのも、オレじゃなくて遥平で、その子が遥平のことを好きになるのは、当然だと思ったから」

古都がなにか言いたそうに唇をかすかに動かす。けど、言葉にできないようで、もどかしそうにまた唇を引き結ぶ。

弘凪の胸も、またズキリとする。

「遥平は、オレの話を聞いて、めちゃくちゃ怒った」

——おまえバカか！　なんで、そこで、オレは小山内が好きだから仲介なんてできないって、断らねーんだよ！

——でも小山内さんが好きなのは、おまえなんだ。遥平、おまえは小山内さんをどう思っている？　もし、今、彼女がいなければ、オレに遠慮《えんりょ》することはないから、小山内さんと……。

惨《みじ》めな気持ちでうつむきながらそう言ったとたん、襟元をつかまれた。

遥平は眉をつり上げ、目をカッと見開き、頬を引きつらせていた。

——本気で言ってのか！　このバカ凪《なぎ》！　オレが小山内とつきあうわけねーだろう！

遥平は心の底から怒っていた。歯を食いしばり、腕を震わせて。遥平の体から怒りの火が燃え上がっているようだった。

——誰が、あんな女とつきあうか！　信じられねー！　あの女！

遥平が女の子のことを罵《ののし》るのなんてはじめてで、顔を大きくゆがめ引きつった声で叫ぶ様子が、ひどく苦しそうで。息ができず喘《あえ》いでいるようだった。

小山内すず穂のことを罵るほど、絶対につきあわない！　と主張するほど、遥平はどんどん苦しそうな顔になっていって。

以前から薄々感じていた不安が、このとき、くっきりとした輪郭《りんかく》を得て弘凪に迫ってくるような気がした。

すず穂が遥平に頻繁《ひんぱん》に笑いかけるようになった頃から、遥平がすず穂からさりげなく視線をそらすことが多くなったことや、なのに、ある日の登校時、弘凪とすず穂が偶然昇降口の前で合って一緒に教室まで歩いたとき、遥平が廊下の曲がり角に立って、こちらを見ていたことがあったこと。

あのとき遥平は苦しそうな暗い顔をしていて、弘凪たちに声をかけず、口をぎゅっと閉じて、曲がり角の向こうに消えてしまった。

あとで、『なんで無視したんだよ』と尋ねると、『バーカ、気をきかせたんだ』とあきれ顔で言われた。それからふいにまた暗い顔になり、

——あのさ……小山内さ……。

と遥平らしくない弱々しい口調で、なにか言いかけて、

――なんでもね。つか、小山内、ちょっとスカート短くなったよなって、そんだけ。

と、つぶやいた。

あのとき、突き上げるような不安とともに思ったのだ。

いいいい、もしかしたら、遥平は――。

「遥平は、友達が好きな子とつきあったりするわけないって、その子を振ったけど。多分……遥平もその子のことを、好きになっていたんだと思う」

古都に向かって語る声が、痛みに震える。

(そう、きっと遥平は……小山内さんを)

だから、あんなに苦しそうにすず穂を拒絶するしかなかったのだ。

弘凪と話したその日のうちに、遥平は自分で断りの返事をした。弘凪がすず穂から遥平への想いを打ち明けられた教室で、今度はすず穂と遥平が二人きりで向かいあって。

女の子を傷つけずに振るなんて、遥平には簡単なことだった。弘凪が知るかぎり、これまで遥平はいつもそうしてきた。

なのに遥平は、すず穂のことなどなんとも思っていないし、ちょっと話しかけたくらいで誤解されるのは勘弁してほしいと、冷たい口調で告げた。

すず穂は涙をぽろぽろ流しながら。


——遥平くんが好きなの。


と、掠《かす》れた声で訴えていた。

どうして、遥平くん。

あんなに優しくしてくれたのにと。


——だから、それが小山内の勘違いなんだよ。


遥平が焦れったそうに言った。すず穂が泣きながら顔をおおってしまうと、急に苦しそうに眉根を寄せて、すず穂をじっと見ていた。

その眼差しも苦しそうで辛そうで——後悔しているみたいに唇を嚙みしめていて、顔色も青ざめて見えた。

泣いているすず穂と、苦しそうにすず穂を見つめる遥平。

そんな二人を、弘凪は深い罪悪感とともに、廊下からこっそり見ていた。

なにもできず、なにも言えず、なにも変えられず——苦しいほどに無力なまま、ただ見ているだけだった。

「オレが先に彼女を好きになったから、遥平はその子を振って、傷つけるしかなかったんだ。きっと同じくらい遥平も傷ついたはずだ」

弘凪の罪の告白を聞く古都は、哀しげに目をうるませている。

いつの間にか、古都の指先も冷たくなっている。

離れそうな指を繋いだ二人の傍《かたわ》らに続く欄干。そのはるか下を、川の水がゆっくりと、けれどとどまることなく流れてゆく。

底に暗い泥の沈んだ、汚れた川。

あの川底の泥のように、弘凪の告白も汚れている。恋したクラスメイトの女の子と親友と、二人の大事な人間を傷つけたことで、罪を負った。


——悪かった。

遥平がすず穂を振ったあと、弘凪が頭を下げると、遥平はまた怒って、苦しそうに弘凪を怒鳴りつけた。

——なんでおまえが謝るんだ！　謝るな！　バカ凪！

手を固く握りしめ、やるせなさに耐えるように。おまえが謝ることじゃないと、オレはもう忘れたと、張り裂けそうな声で叫んで、

——ちくしょう！


と壁を拳骨《げんこつ》で打った。

ガツンと鈍い音がして割れたのは壁ではなく、遥平の指の骨のほうだった。

遥平の激しさに驚き、言葉を失う弘凪の前で、遥平は苦しそうに顔をゆがめたまま、二度、三度と壁を打ち、目に涙をにじませた。

遥平が泣くのを見るのも、これがはじめてだった。

この事件以来、すず穂は弘凪たちを避けるようになり、弘凪とも遥平とも決して視線を合わせることはなかった。

綺麗になったすず穂は三年生に告白され、つきあったようだった。

けど、遥平はすず穂を振ったあと、誰ともつきあうことはなかった。

「あのとき、彼女とつきあうこともできたのに、遥平はそうしなかった。オレを裏切らなかった」

自分さえ、すず穂を好きにならなかったら。遥平に、すず穂との仲を取り持ってもらうようなことをしなければ。

何度もそう思った。

後悔した。

遥平が女の子たちの告白を断って『今は彼女はいいや……』と、どこかさめた目をしてつぶやくたびに、胸を突き刺された。

小山内すず穂とのことを繰り返し思い出して、苦しかった。

それが罰なのだと思っていた。

「だからオレは……この先、なにがあっても、遥平を裏切れない」

古都が苦しそうに眉根を寄せ、目を細める。

繋いだ指先は、もうふれているかどうかの感覚も曖昧《あいまい》なほど、お互い冷え切っている。

遥平が、やっと好きになった女の子。

遥平の――彼女。

口にしなければ、罪にならない。

だから一生口にしない。

罰を受けてもいいほど欲しいなんて、思ったりしない。これ以上踏み出したりしない。

弘凪の指先が、古都の指からほどける。

指と指が、離れてゆく。

古都がますます苦しそうに、切なそうに目を細め、唇を喘ぐように開いて、

「向井くん、わたし……」


思いつめた感じのする声で、なにか言おうとしたとき。

古都の制服のポケットで、携帯が鳴った。

「！」

古都が体をびくっと震わせる。

弘凪も身をすくめる。

古都が緩慢《かんまん》な動作で携帯を出し、着信を確認し、恐ろしいものを見るように青ざめながら、

「遥平くんから……」

と、低くつぶやいた。

弘凪も、喉を冷たい手でしめあげられた気がした。

古都がこわごわと携帯を耳にあてるのを、息を止め、顔をこわばらせて、見つめる。

古都の顔が死人のように青ざめ、唇から弱々しい声が漏《も》れる。

「……うん……ごめんね……ううん……平気。……電車の中で……急に気持ちが……悪くなって……ちょっと……休んでて……うん……今日は……もう、このまま帰る……ね。今……家に向かって……歩いてて……。うん、もうすぐ……家に……着くから……本当に……平気……うん……うん……ごめんね……」

携帯を耳にあてたまま、うなずく古都の目が、うるんでゆき、小さくまばたきをする。脇に挟んだスケッチブックの端《はし》を握る手に、きゅっと力がこもる。

通話を終えて携帯を耳からはなすと、古都はもう一度まばたきし、弘凪のほうへ顔を向けた。

青ざめたこわばったままで、なにかに絶望しているようだった。

「遥平くん……わたしが学校を休んだから、心配してた」

弘凪は喉をしめつけられたまま、返事ができない。

罪の意識に、体が内側から震えるようで——二人のやりとりを、遥平に見られているようで。

古都の透きとおった瞳に、また涙がにじんでゆく。

震える声で、古都が言う。

「遥平くんが……スケッチブックを届けてくれたとき、わたし、お気に入りのうさぎのストラップをなくして、がっかりしてたの……。ウサギを保健室へ連れていったとき、焦っていたから、どこかで落としちゃったみたいで……。そうしたら、遥平くん、自分も手伝うって、一生懸命に探してくれたの……。わたしが帰ったあとも、一人で遅くまで探してくれていたみたいで……次の日、指がかさかさで傷もあった。なのにストラップを見せながら、笑って『あったぞ！』って」

突然遥平の話をはじめたのは、古都も弘凪と二人きりで秘密を共有しているこの状況が罪だと感じているからではないか。

これ以上、弘凪に罪を重ねさせないように。

自分もまた、罪を犯さないように。

スケッチブックの端をぎゅっとつかみながら、遥平と自分と弘凪の三人を、必死に守ろうとしているように見えた。

「わたしが球技大会で、バレーに出場することになって……わたし、運動が苦手で、みんなの足を引っ張ったらどうしようって……困っていたとき、オレが教えてやるよって、朝の練習につきあってくれたの。……おかげでちゃんとレシーブできて、サーブもコートに入って、遥平くん、いいぞー！、よくやったぞー！　って大きな声で、歓声を送ってくれて……恥ずかしかったけど嬉しかった」

弘凪と手を繋いでいる間ずっとうつむいていた古都が——泣いていた古都が——弘凪の目をしっかりと見つめて、こぼれそうな涙をまばたきしてこらえて、震える声で、一生懸命に話している。

「わたしが、小学校のときジェットコースターに一度乗ったきり、怖くて乗ってないって言ったら、平気だから一緒に乗ってみよう！　って遊園地に誘ってくれた。やっぱり怖くて、たくさん叫んじゃったけど……楽しかった。水族館も、ゲームセンターも、遥平くんが一生懸命に、いろいろ説明してくれて、楽しませようとしてくれて……。いろんなものを、見せてくれた。はじめて、わたしを好きになってくれた人なの」

遥平と過ごした時間を、遥平にしてもらったことを、腕と肩を震わせ、涙をこらえながら古都が語るのを、弘凪は胸を突き刺される思いで聞いている。

弘凪がただ古都を見ているだけで踏み出せずにいた間に、古都と遥平が重ねた歴史。

弘凪が知らない場所で、二人の絆《きずな》は確実に育っていて——。

——オレ、こんなに女の子に好きになってほしいと思ったの、はじめてなんだ。古都もオレのこと、すっげー好きになるといいなー。

強い思いを込めて、照れくさそうに言い切った遥平。

あのときも、思った。

今まで遥平がつきあってきた女の子たちと、古都は違うのだと。

遥平のほうから好きになった、特別な女の子なのだと。大事な女の子なのだと。

息が止まりそうなほどの絶望と罪悪感が込み上げる。

（オレは遥平を裏切れない！）

今、古都に踏み出すことが、決して犯してはいけない大罪だと、しゃべり続ける古都も、それを聞いている弘凪も、わかっている！

「遥平くんに感謝している。遥平くんからもらったものを、わたしは返さなきゃいけない」

そう言った後、古都はふいに、儚く微笑んだ。

空気が一瞬澄《す》むような、切なく優しい――淋しい笑みだった。

「けど……さっき、遥平くんから電話がかかってくる前に、言いかけたことだけ、言わせて。

向井くんと二人きりでしゃべるのは、きっと最後になるから」

遥平を裏切れないと断言する弘凪に、ついさっき切なそうに目を細めて、

『向井くん、わたし……』

と言いかけたこと。

それはもうずっと遠い昔のことのようで。たった数分の間に、二人の間で何年もの時が過ぎ

てしまったようで。

「……わたしが最初に読んだSF小説も『たったひとつの冴《さ》えたやりかた』なの」

倉庫での他愛のないやりとりが、弘凪の脳裏によみがえった。

——ああ。オレも、最初に『たったひとつの冴えたやりかた』を手にとってはまって。

——あ。

——なに。

驚きの表情を浮かべたあと、古都は後ろめたそうに、つぶやいたのだ。

——ううん、なんでもない。

あのとき、古都がなにを思っていたのか。どんな気持ちで、弘凪を見ていたのか。なんでもないと、言葉を飲み込んだのか。

泣きそうに顔をゆがめたあと、古都はそれをこらえるように明るく唇の端を上げてみせた。

「それだけ。たったそれだけのことなの」

意味はないのだと、強調するようにそう繰り返して。

「もう、ここで大丈夫。一人で帰れるわ。送らなくてもいい」

スケッチブックを強く、強く、抱きしめながら、目に涙をいっぱい浮かべながら、しっかりとした口調で告げた。

「わたしは、遥平くんの、彼女だから」

◇　◇　◇

桜の木と欄干に挟まれた遊歩道の先へ、ゆっくりと遠ざかってゆく古都の背中を、どれだけ長い時間、見送っていただろう。

古都が見えなくなったあとも、その幻影を見るように、ずっと欄干の脇に立ちつくしていた。

自転車や通行人が、目の前を途切れ途切れに過ぎていって、それもぼんやりと見送って。

今度こそ本当に失恋したのだと思いながら、冷たい秋風の中を、首をすくめてうつむいて歩き出した。

学校は、サボってしまった。

早くに帰宅すると、母親が心配してあれこれ訊かれるだろうから、そのへんを歩き回って、時間をつぶした。なにも考える気が起こらず、体から力が抜けてゆくような疲労感があった。

夕食のあと、自分の部屋のベッドに仰《あお》向《む》けになってぼんやりしていたら、携帯が鳴った。

遥平からだった。

心臓が飛び跳ね、急に感覚が鋭敏《えいびん》になり、着信の表示を見つめたままやり過ごしていたら、一度切れてまた鳴りはじめた。

耳にあてて、

「……はい」

と低くつぶやくと、

「なんだ、出れるんじゃん。今、家か？」

と明るい声がした。

「メッセージ送ったのに既読つかねーから、どっかでぶっ倒れてんのかと思った。学校、なんでこなかったんだ？　サボりか？」

外からかけているのだろうか。車が通りすぎる音が後ろから聞こえる。遥平は普段から、この時間あまり家にいない。

テンションは上げようがなかったが、なんとか答えた。

「……おまえと一緒にするな。ちょっと風邪気味なだけだ。頭がぼーっとしてヤバそうだったんで、途中で家に帰ったんだ」

「へぇ、偶然。古都も今日欠席したんだ。電車で急に具合が悪くなったって」

胸がまたドキッとする。

朝から家で伏せっていたと答えたほうが、よかっただろうか。

古都に電話をかけたとき弘凪が隣にいたなんて、遥平は想像もしていないだろうけど。


――わたしは、遥平くんの、彼女だから。


目に涙をいっぱい浮かべて断言した古都を思い出して、そのとき感じた切なさやどうしようもなさもよみがえり、弘凪は唇を噛んだ。

それからぼそりと、訊いた。

「……遥平。小山内すず穂のこと、覚えてるか」

「……ああ、いたな。そんなやつが」

遥平の声も急に低くなる。素っ気ない口調の中にはっきりと苦さが混じるのを感じて、弘凪もまた苦い気持ちになった。

「遥平が……冬川さんを好きになったのは、冬川さんが小山内に似ているからか」

「似てねーだろ」

といきなり険しい声が、弘凪の耳を刺した。

「全然似てねーよ、古都と小山内は」

遥平らしくないかたくなな口調だった。自分が傷つけることになってしまった相手と、今つきあっている彼女が似ているなどと言われてたら、怒って当然かもしれない。

「おかしなこと聞いて、悪かった」

謝ると、小さく息を吐いて真面目な声で、

「いいけどさ。おまえも小山内のことといつまでも引きずってないで、彼女作れよ」

「そのうちな……」

「弘凪の好きそうな女の子、紹介するぞ」

「今はいい」

車の走行音と一緒に聞こえてくる遥平の言葉を聞きながら、弘凪は気のない声で答えた。

「今じゃなきゃ、いつだよ」

「だから、そのうちで」

「弘凪、おまえ、今日さ……」

遥平がなにか言いかけて、黙る。

「いや、いい。とにかく早く彼女作れ」

そんなやりとりをして、通話を切った。

携帯を持ったまま、またベッドに頭をつけ、両手を広げて天上を見上げる。遥平はきっと弘凪がまだ小山内すず穂にこだわっているように見えて、もどかしいのだろう。

彼女なんてできるのだろうか。目に涙をいっぱいに浮かべた古都の顔が、ずっと消えないのに。

次こそは、遥平と別の女の子を好きになろうと思っていた。

けど、もういい。

こんなに古都を忘れられないなら、古都だけでいい。

罪を犯さないまま、一生胸に秘め続けたまま、もう他の誰も好きにならない。

七章 × 崩壊

翌朝。絶対に古都《こと》に会わないように二時間近く早い電車で、弘凪《ひろなぎ》は登校した。

母親にはバレー部の朝練だと言って、まだ薄暗い道を駅に向かい、電車に乗る。さすがにこの時間、車内はがらがらだ。弘凪の車両には他に四人しかいない。朝、椅子に座るのははじめてだ。

古都は、いつもの駅で乗ってこなかった。

(よかった……)

シートに体を深くあずけ電車に揺《ゆ》られながら、学校の最寄り駅のホームにひっそりと降り立ち、そのまま学校へ向かった。

昨日は古都と二人だったが、今日は一人だ。

きっともう、古都と二人であんな風に話すことはないだろう。

CRIME AND PUNISHMENT IN THE CASE OF MUKAI HIRONAGI

ベンチで並んで弁当を食べることも、手を繋《つな》いで歩くことも。

古都が弘凪に、泣き顔を見せることも。

そうあってほしい。

弘凪は、古都を好きでいるから。

古都にそれを告げることは一生しないから。

古都は遥平《ようへい》と、おだやかに幸せに過ごしてほしい。

まだ陽射しは地面を照らしていないけれど、空はうっすらと白い。冷たい空気の中にシンとそびえ立つ校門をくぐる。

空っぽの校庭はやけに広々としていて、淋《さび》しくて。その真ん中を一人きりで歩いていると、孤独がさらに深まる。

が、それは耐えられない孤独ではなく、むしろ体の中に冷たい芯《しん》が一本通る感じで。

覚悟を胸に刻むため、弘凪は古都との思い出の場所を回った。

タンポポ色のユニフォームが風に揺れていた、サッカー部の部室のプレハブ小屋。

後ろで『あ』と声がして、振り返ったら目を見開いた古都がいたこと。

そこからプールへ向かって進む。

夏の海のように真っ青なドアを、二人で一緒に開けて、気持ちがひとつになったような気がして微笑《ほほえ》み合った、シャワー室。

ふわりと香る塩素の匂い。

懐《なつ》かしさに頬《ほお》をほころばせ、校舎へ向う。昇降口で上履《うわば》きに履き替え、廊下を進み、地下室に続く階段を降りてゆく。

倉庫のドアは、今朝は鍵がかかっていて、開かない。

このいかめしい鉄のドアの向こうで、電気羊が弘凪たちを迎えてくれた。猫のゆりかごからカエルが飛び出してきて、夢中で古都を抱きしめた。

めちゃくちゃになった部屋を、二人で元に戻しながら、エリスンやクラークの話をした。

――タイトルで、選んでるだろ。

――え。

――本。気に入ったタイトルのやつを、借りてる。

――わ……わかっちゃった？

恥ずかしそうに頬を染める古都に、オレもそうだからと、あたたかな気持ちで伝えたのだ。

——最初に『たったひとつの冴《さ》えたやりかた』を、タイトルで手にとってから、はまって。

古都に、わたしもそうだったのだと告白されたことを思い出して、胸が少し疼《うず》いた。けどその痛みさえ抱えて、また歩き出す。

地下の階段をゆっくりのぼりきると、昇降口から朝の透明な光が射し込んでいた。まぶしさに目を細めて、歩いてゆく。

渡り廊下を通り、一階の音楽室へ。

このドアの前で、古都とはちあわせて、お互い気まずげに見つめあった。

スキンヘッドの音楽教師に、何か用かと尋ねられて、慌てて二人で逃げ出して、

——でも、月って。

——先生の。

弘凪が吹き出し、古都も唇《くちびる》をほころばせ、二人でくすくす笑いあったのだ。

普段は無表情な古都の顔が、あのとき甘くとろけていって、すごく自然体で可愛《かわい》くて、いつまでも見ていたかった。

小山内《おさない》すず穂《ほ》と古都は違う。

すず穂は、弘凪には笑いかけてくれなかった。すず穂の視線はいつも弘凪を通り過ぎ、遥平を見てた。

けど古都は、弘凪と一緒に笑ってくれた。

二人で冒険をした。

それは、とてもあたたかくて大切で、どんな財宝より価値のあるものだ。

気がつくと、涙が一筋、頬にこぼれ落ちていた。

視界がぼやけて、頬を生温い水がすーっと伝ってゆく。

それを手の甲でぬぐい、喉《のど》を鳴らす。

「……っ」

この突き刺すような痛みが平気になるときが、いつかくる。

苦しみも後悔も、弘凪が犯した小さな罪もすべて洗い流されて、透きとおるような愛《いと》しさだけが残るときが。

それを信じながら音楽室を離れ、その並びにある美術室の前を通り過ぎようとしたとき。

「！」

弘凪の足が、杭《くい》を穿《うが》たれたように止まった。

廊下に面したガラス窓の向こうに、古都がいたのだ。

石膏像《せっこうぞう》とイーゼルが雑然と並ぶその間に、草色の表紙のスケッチブックをぎゅっと抱きしめ、うつむいて立っている。

（なんで、いるんだ。こんなに早くに）

外に面した窓が大きく開いていて、そこから吹く風が、白いカーテンと古都の細い髪を揺らしている。

古都は、弘凪に気づいていない。このまま通り過ぎてしまえばいい。

なのに、足が吸い寄せられるように美術室のドアのほうへ向かう。

からからに乾いた喉が強くしめつけられ、頭の中に、泣いていたすず穂、怒っていた遥平、冴音子《さおこ》の言葉、遥平の言葉、古都の切なげな微笑み——様々なことが浮かんでは消え、消えては浮かぶ。

——遥平くんって、今……彼女、いるのかな。あたしじゃダメかなぁ……。

——こんなに女の子に好きになってほしいと思ったの、はじめてなんだ。古都もオレのこと、すっげー好きになるといいなー。

——罰を受けてでも欲しいとは、思わないの？

——ここで大丈夫。一人で帰れるわ。


（行ったらダメだ……）

これ以上進めば、罪になる。

罰を受ける。

弘凪一人ではなく、古都まで共犯者にしてしまう！　遥平のことも裏切れない！

（ダメだ……！　絶対にダメだっ！）

頭の中で必死に踏みとどまろうとするが、手はノブに伸びていた。ひんやりした感触が、電流のように背筋を震わす。

ノブを回しドアを開けると、スケッチブックを開いていた古都が、はじかれたように顔を上げた。

ばさり！　と音を立てて、スケッチブックが古都の足元に落ちる。

古都の顔に驚きが広がり、それが濃い絶望に変わる。

透きとおった瞳に涙を浮かべて、

「どうして……」


と、声をつまらせて、つぶやいた。

折れそうに細い体をこわばらせ、唇を震わせて、食い入るように弘凪を見つめる古都のほうへ、弘凪は足を踏み出した。

古都が唇が動かす。

ダメ……と言ったようだった。

けど、唇が形を刻むだけで声になっていない。弘凪がさらに近づく。頭の中で（ダメだ、ダメだ。これは罪だ）という警告の声はずっと響き続けていて、脳髄《のうずい》が焼き切れそうに熱かった。

（まだ間に合う。今なら、まだ戻れる）

そのとき。

窓から強く吹きおろされた風が、カーテンを大きく二つに割り、床に落ちたスケッチブックのページを激しくめくった。

ばらばらと音がして、ウサギの絵が何枚も続く。眠るウサギ、つぶらな瞳をきょとんと見開くウサギ、人参《にんじん》を食べるウサギ、愛らしく首をかしげるウサギ。

遥平が、古都のスケッチブックにはウサギの絵が何枚も描かれていて、すごくやわらかで優しい感じがするのだと、言っていた。そのウサギの絵が、何枚も、何枚も、何枚も、わずかな時間に乾いた音を立てて、めくれてゆく。古都が引きつった顔で見おろす。


そして、風がやんだとき——。


開かれたページに描いてあったのは、体を丸めて目を閉じるウサギの絵と、その右のページにかかれた、電車の中の光景だった。

乗客は一人だけ。

シートの前に立ち本を読む少年は、白い半袖《はんそで》のシャツにスラックスで、弘凪たちの学校の制服を着ている。視線を本のページに落として、一心不乱に読書にふける、少しうつむいたその顔は、弘凪が毎朝、鏡で見ている顔だった。

古都のスケッチブックに、弘凪の絵が描いてあった！

しかも、こんなに大きく、はっきりと！

頭に響く警告は、もう意味をなさなかった。押さえに押さえてきた最後の感情の砦《とりで》は、その絵を見たとたん崩壊した。

スケッチブックを拾おうと慌てて身をかがめる古都に向かって、弘凪は足を踏み出し、手を伸ばし、古都をがむしゃらに抱き寄せていた。

スケッチブックの中の弘凪は、夏服を着ている。

古都が『世界の中心で愛を叫ぶけもの』を読んでいるのを見かけて、弘凪が気になりはじめたのも、日射しが熱くなり、制服のシャツが半袖に変わる季節だった。

古都も、その頃から弘凪を見ていてくれたのか？

弘凪が古都を見つけたように、古都も弘凪を見つけていたのか？

電車の中で、よく目があうことにも、図書室で借りた同じ本をよく読んでいることにも、気づいていた。だからこそ、あんなにも胸がときめいて、あの朝の電車は特別だったのだ。

その気持ちは、弘凪だけのものではなかった。

弘凪の腕の中で、古都は、

「……どう、して」

と、もう一度断ち切れそうな声でつぶやいた。

――どうして……また、同じ車両に乗っていたの。わ、わたし……時間、ずらしたのに。

昨日、二人で駅を出たときも、遊歩道にしゃがみ込んでぽろぽろ泣きながらそう訴えていた。

どうして、と。

――購買部でパンを買って、親切にしてくれたり、行かないって言ったのに、来たりするの。遥平くんのこと、好きかなんて訊《き》くの。

弘凪の心にも、同じ言葉が繰り返し響き続ける。

(どうして、あきらめようとするたびに、こんなことになるんだ。時間をズラして電車に乗っても、いつも、いつも、同じ車両に乗ってくるんだ)

どうして、売店でパンが買えずに、おろおろしていたりするんだ。

どうして、古都の名前で、おかしなメッセージが届いたりするんだ。

どうして、いたずらだから行くなというのに、来るんだ。

(遥平のことを好きだと言ったのに、遥平と過ごした時間のことをオレに向かって泣きそうな顔で語ったのに、スケッチブックにオレの絵を描いていたりするんだっ! どうしてっ!)

この気持ちは閉じこめよう、古都から離れようと、そう思うたびに、放っておけない姿を見てしまう。

内気な表情や仕草に隠れた好意を感じて、心がかき乱される。

何故《なぜ》、古都が、電車で弘凪に会うのを避けていたのか。

――もう、電車の中で、会わないようにしようって……思ったのに。遥平くんの彼女になったんだから……会わないようにしようって……。

(もう、とっくに大罪だったんじゃないか)

自分も古都も、罪にまみれていたんじゃないか。

空気にとけてしまいそうな儚《はかな》い声で、ささやかれたあの言葉の意味を、たとえ生きたまま串刺しにされてでも、知りたいという衝動《しょうどう》にかられて、そのことに震えながら。

二人で歩いたとき、指をからめるだけで強く握ることができなかった手に、ありたっけの力を込める。古都の小さな耳に向かって、罪を重ねる。

「冬川《ふゆかわ》さんが、好きだ」

古都は弘凪を突き放さず、逆にブレザーの背中の布をぎゅーっと握った。自分は被害者ではない。弘凪の共犯者だと、絶望しながら伝えるように。

ドアを強く叩く音がしたのは、そのときだった。

びくっとして振り返ると、険しい顔をした遥平が立っていて、握りしめたこぶしをドアに押しつけていた。

◇　◇　◇

「オレとここで待ち合わせしてたの、忘れてた？　古都？」

遥平がドアにこぶしをねじりこむように、震わせる。口元に笑みはなく、頬は引きつり、怒りに満ちた眼差しが、冷徹に弘凪たちのほうへ向けられている。

(遥平に見られた！)

弘凪が罪を犯したことを、知られてしまった。

古都は今にも気絶しそうなほど、青ざめている。弘凪の背中をつかむ指にさらに力を込めながら震えている。

遥平は、中学二年生のあのとき、こぶしを壁に打ちつけて骨折したときと同じように、怒りに我を忘れているようだった。別人のような低い声で、

「……それとも、オレに見せつけるため、わざとか」

と問いかけながら、ゆっくりと近づいてくる。

遥平が発する怒りで、空気がぴりぴりと音を立てそうだった。

明るい彼氏が、冷酷《れいこく》な死刑執行人《しっこうにん》に変わるのを目の当たりにしている古都の恐怖が、ぴったりくっついた体を通して、伝わってくる。古都の目に、豹変《ひょうへん》した遥平を見せないように抱き込み弘凪は叫んだ。

「オレが冬川さんに横恋慕《よこれんぼ》して、むりやり抱きしめたんだ！　冬川さんは、無罪だ！」古都を共犯者にしてはいけない。罰は、自分一人で背負う。だから古都は。

「違う……っ！」

弘凪の腕から顔を出し、古都が弘凪と同じくらい必死な声で叫んだ。

「わたしが、泣いたりしたから……っ！　わ、わたしが、悪いの！　言わないって決めたのに、押さえられなかったからっ！」

遥平は目をひんやりした怒りで満たしたまま足を止め、弘凪と古都がそれぞれ相手を庇《かば》いあうのを聞いていた。

二人が黙り込むと、床に落ちたスケッチブックを拾い上げた。

開いたページの右に、デッサン用の鉛筆で、本を読む弘凪の全身図が描かれている。それを顔をゆがめて苦しそうに見おろすのを、弘凪は古都と抱きあったまま、胃がねじ切れそうな思いで見ていた。

彼女のスケッチブックに描かれた別の男の絵を、遥平がどんな気持ちで見おろしているのか。

それを考えると、体の芯から凍りつくようだった。

しかもその男は、今目の前で彼女と庇いあい、抱きしめあっている。

もはや弁解の余地はない。

罪人に下される罰の執行を、震えて待つだけだ。

遥平が、ぱたん、と大きな音を立ててスケッチブック閉じ、テーブルの上に置く。

それから握りしめたこぶしを、弘凪たちのほうへ突き出した。

弘凪は、とっさに古都の体を脇に押しやった。その瞬間弘凪の頬に遥平のこぶしが入り、皮《ひ》膚《ふ》が千切れそうな痛みが脳髄を焼いた。

目の前が、ぱっと白くなる。

気絶するわけにはいかない。最後まで罰を受けなければ。

「やめて!」

古都が悲鳴を上げて、弘凪と遥平の間に飛び込んでくるのを、

「来るな!」

と、片手で押しやり、遥平のこぶしを、今度は反対の頬に受ける。足がよろめき、口の中に鉄の味が広がる。

「やめて! やめてっ! お願い!」

それでも泣きながら止めに入ろうとする、古都の腕をつかんで引き戻したのは、なんと冴音

子だった。

何故冴音子がこの場に現れたのか、わからない。けど古都の腕をつかんだまま、

「こっちへ来なさい、あなたの出る幕はないわ！」

と叱りつけるように言った。黒曜石《こくようせき》のように黒々と光る強い眼差しで、古都を睨《にら》みすえ、さらに厳しい声で告げる。

「あなたがいたら、彼は、吐き出せない！　二人きりにさせてあげなさい」

古都がハッとしたように、目を見張った。

「さ、佐伯《さえき》さん……」

まだ不安そうな古都を、冴音子が引き摺《ず》るようにして廊下へ出てゆく。遥平に殴られている弘凪のほうを泣きそうな瞳で見つめながら、古都の姿が消える。

(ありがとう、佐伯さん)

弘凪は、はじめて冴音子に感謝した。

遥平のこぶしが弘凪の腹を抉《えぐ》り、「ぐっ」と声を漏《も》らして、体を二つに折る。そこにもう一発、どすっ！　と音を立てて、今度は突き上げるようなこぶしが入る。

「っっ」

ふらつきながらも、必死で床を踏みしめる。倒れたら、遥平が弘凪を殴れなくなる。

「なんで殴られっぱなしなんだ！　殴り返せよっ！」

遥平が苛立《いらだ》たしそうに叫んだ。

遥平の目は依然として怒りで燃えている。そのくせ顔を苦しそうにゆがめている。小山内すず穂のことで怒ったときと一緒だった。

誰が、あんな女とつきあうか！　と叫びながら、眉根《まゆね》をぎゅっと寄せ、苦しそうに唇を震わせていたときと。そのあと、ちくしょう！　と壁にこぶしを打ちつけたときと。

あのとき、遥平への申し訳なさと罪の意識で、息がつまりそうだった。それからずっと、その罪に囚われてきたのに、また遥平にこんな顔をさせてしまった。

遥平の新しい恋を、祝福したかったのに。

殴られる痛みよりも、心のほうが悲鳴を上げていた。

「できるわけないだろ……っ！　悪いのはっっ、オレなのに。冬川さんがおまえの彼女だってわかってて、なのに、止められなくて……っ」

遥平が、眉根をぎゅっと寄せる。唇を嚙《か》み、悲哀《ひあい》のこもる眼差しになったあと、また激しい怒りの表情を浮かべ、叫んだ。

「小山内すず穂のときも、自分が悪いって謝ってたよなっ！　弘凪っ！　おまえ、本当にバカだっっ！」

遥平のこぶしが横から飛んできて、腹に突き刺さり、踏ん張ったが支えきれず、床に倒れた。

ガツンという音がして、肩が床にぶつかった。苦痛に顔をしかめる。

弘凪が立ち上がるより先に、遥平が弘凪の襟首《えりくび》をつかんで、立たせた。殴られたのは弘凪なのに、遥平のほうが苦痛にゆがんだ顔で、叫んだ。

「おまえは謝る必要なんて、これっぽっちもなかったのに！　だって、オレが小山内を誘惑したんだから！」


「！」


目を見開く弘凪の襟をつかんで、遥平がものすごい力でしめあげてくる。息ができず、頭の中が混乱でぐるぐると回った。

(遥平は、今……なんて、言った？)

誘惑した？

小山内すず穂を？

——おまえ、あの子のことが好きなんだろ？

オレが取り持ってやるから任せておけ、と明るく請け合う遥平の声が聞こえ、かすむ視界に遥平のゆがんだ顔が映った。

笑っているのか、怒っているのか、嘆《なげ》いているのかわからない顔が、息づかいの荒さがはっきりと伝わるほどの距離に迫っている。

弘凪の襟をつかんでぐいぐいしめ上げながら、息苦しさにしかめられた弘凪の顔に、毒々しい言葉を吐きかけてくる。

「おまえが小山内のこと好きだって知ってて、応援するふりをして、誘惑したんだっ！　さりげなく優しい言葉をかけたり、じっと見つめたり、意味ありげに笑いかけたり、気さくなふりをして、肩に手をかけたり、手を握ったりして、小山内がオレのことを意識して好きになるように仕向けたんだ！」

遥平の顔がさらにくしゃくしゃになる。口元は嘲笑《ちょうしょう》するように釣り上がってゆくのに、目は苦痛にあふれている。

弘凪の喉をしめる手も、さらにきつくなってゆき、このまま窒息《ちっそく》するのではないかと思うほどだった。

「小山内みたいに男子とほとんど話したことのない、おとなしい女子が、オレが自分に惚《ほ》れてるって誤解して、オレに傾いても、当然だったたっっ！　オレがそういう目で小山内を見てたんだから！」

「っっ、どうして、そんなことしたんだ」

弘凪は、遥平の手を両手で引き離そうとしながら、絞り出すような声で尋ねた。

遥平はつきあう相手に、不自由はしていなかったはずだ。美人で性格も朗らかな女の子たちが常に周りにいて、遥平の気を引きたがっていた。

すず穂は遥平の周りにいる女の子たちとは真逆の、男子の噂《うわさ》にのぼることのない、地味でおとなしい女の子だったのに。

「おまえが好きになった女だから、興味がわいたんだっ。けど、ちょっと気のある素振りをしたら、あっさりオレのこと好きになって興味がなくなった……っ。それだけだったたっ！　だから、殴れ！」

遥平は口元を固く引きつらせ、眉間《みけん》に皺《しわ》を刻んで、切羽つまった目をして苦しそうに喘《あえ》ぎながら、自分にも罰を与えて欲しいと、叫んでいるように聞こえた。

「……っ」

弘凪は歯を食いしばり、遥平の顎《あご》を突き上げるように殴った。

握りしめたこぶしの先に固いものがあたり、痛みが指を熱くし、ガッ！　という鋭い音とともに、襟元を拘束《こうそく》していた手が離れ、遥平の体が後ろに大きくのけぞった。

人を殴ったのは、生まれてはじめてだった。

手が骨にあたる嫌な感触が残っていて、指がじんじんと痺《しび》れている。殴るほうもこんなに手が痛いということも、はじめて知った。

遥平が体を起こし、口の端《はし》からこぼれる血をぬぐう。眉をキッと上げ、

「痛ぇな！」

と大声で叫ぶなり、弘凪の腹を殴り返してきた。

「ぐっ――」

腹筋を引きしめていなかったため、まともに入り、酸っぱい液が口の入り口まで込み上げ、吐き出しかける。それを飲み込み、

「おまえが殴れって言ったんだろ！」

と、頬を殴り返した。

遥平がまた間髪入れず、殴り返してくる。弘凪も夢中で殴った。顔を殴るより、腹を殴るほうが、手が痛くないことも知った。

遥平が「殴れ！　殴れよっ！　ほら！」と、顔をゆがめ、目をぎらつかせて挑発してくる。

「そんな程度か！」

「全然きかねー！」

「もっと強く殴れっっ！」

喉を破かんばかりに叫ぶ声は、どんどん嗄《か》れてゆく、それでも血を吐くようにして叫ぶ。挑発を続ける。

弘凪を殴るこぶしにも、容赦《ようしゃ》がない。全力で殴りに来て、殴り返されている。お互いに罰を与えあうように、相手の骨に自分の骨をぶつけて、へし折ろうとするように。

遥平はやっぱり、小山内すず穂の事件のとき、苦しそうに怒っていたときと、同じ顔をしていた。

――このバカ凪《なぎ》！　オレが小山内とつきあうわけねーだろう！

――謝るな！　バカ凪！　誰が、あんな女とつきあうか！

『遥平くんが好きなの』と目に涙をいっぱい浮かべて訴えるすず穂に、勘違いするな、おまえのことなんてなんとも思ってない、ちょっと話しかけたくらいでその気になるなんて、勘弁してほしいだなんて言った。

遥平が、すず穂を誘惑したという告白が本当なら、ひどい話だ。

あと百発殴っても足りない！

けど、遥平に冷たい言葉を投げつけられたすず穂が、ぽろぽろ泣きながら顔をおおってしまうと、遥平は急に弱気な目をして、苦しそうに顔をしかめて、すず穂を見ていたのだ。

自分の言葉を後悔するように、でも、どうしようもないという風に、青ざめて。

そんな遥平を、弘凪は教室の外から息を殺して見ていたから、知っている。あのとき、遥平が苦しんでいたこと。後悔していたこと。

それから、朝、弘凪とすず穂が二人で教室に向かって歩いているのを、廊下の曲がり角から、遥平が苦しそうな目で見ていたことも。

弘凪たちに声をかけずに、口をぎゅっと閉じて、曲がり角の向こうに消えてしまったことも。

『気をきかせたんだ』と軽い口調で答えたこと。そのあと弱々しい目になり、

——あのさ……小山内さ……。

弘凪になにか言いかけて、

——なんでもね。

と、その言葉を飲み込んだことも。

覚えている、全部。

遥平が目に涙をにじませながら、『ちくしょー』と叫んで壁にこぶしを打ちつけて、指の骨を折ったことも。

遥平のなにが真実で、なにが嘘なのか、複雑すぎて弘凪にはわからない。

遥平が最初から企《たくら》みをいだいて、すず穂に近づいたのか。それとも本当に弘凪とすず穂の仲を取り持つつもりでお節介を焼くうちに、魔が差したのかも。

どこからが裏切りで、なにが罪なのか。

遥平の罪も、弘凪自身の罪さえも、二人で殴りあう中で、ぐちゃぐちゃに絡み合って混沌としてゆく。

確かなのは、あのとき弘凪も遥平も苦しんだということ。そして今も、どちらも息が止まりそうに苦しく痛いということだけで。

遥平のこぶしが弘凪の腹に突き刺さる。

弘凪も殴り返す。

上履きが床をせわしなくこすり踏みならす音が、二人が呻《うめ》く声や、肉や骨がぶつかる音に混じる。

顔をゆがめながら、荒い息を吐きながら、汗を流しながら、弘凪は親友との殴りあいを続けていた。

◇　◇　◇

何時間も殴りあっていたような気がするのに、実際はあっという間だった。

そろそろ他の生徒が本格的に登校しはじめるという時刻に、弘凪と遥平は美術室の床に仰向《あおむ》けに倒れ込んでいた。

足は踏ん張りすぎてがたがたで、手は赤く腫《は》れている。もしかしたら骨にヒビぐらい入っているかもしれない。唇は切れ、まぶたも頬も腫れぼったい。

お互いの息がようやく整った頃、弘凪は仰向けのまま、ぼそりと言った。

「……小山内さんのこと、本当に、オレが好きになった子だから誘惑したって、それだけだったのか」

遥平も体を投げ出したまま、つぶやく。

「……ああ。最低だろう、引くだろう、だからずっと言えなかった……」

そうして、もうひとつ
「弘凪……オレはおまえに、コンプレックスを持っていたんだ」

（コンプレックス？）

弘凪は聞き間違えかと思った。

なにを言っているのだろう。弘凪ができないことを楽々こなす遥平にコンプレックスを持っていたのは、こちらほうだ。

その奔放《ほんぽう》さやマイペースさや、なによりも人付き合いのうまさや、周りの人間を明るく楽しくさせる魅力に、憧《あこが》れていた。

放課後の部活で、弘凪が汗水たらして地道に基礎訓練に励《はげ》んでいるとき、遥平は監督や上級生の目を盗んで休憩したり、部活をこっそり抜け出してアイスを買いにいったりしていた。

監督たちは遥平の姿が見えなくても『またあいつか、仕方がないやつだな』と許しているところがあって、

『向井《むかい》、探してこい』

と、いつも弘凪が命じられ、ゲームセンターで遊んでいる遥平を見つけては連れ帰るという風だった。

そんなときも遥平は、けろりとして、

――すんませーん、監督。新記録がかかってたんで、どーしても台から離れられなかったんです。

などと言って、いつの間にか遥平のペースにはまった監督が『よし、今度、オレと対戦するか』などと言い出す始末で。

みんなが、遥平を好いていた。

遥平がいると盛り上がる。遥平と話すと楽しいと。

やっぱり納得がいかず、憮然《ぶぜん》として顔を横に向けると、遥平はほろ苦い表情で天井を見上げていた。

「……昔から女子にはオレのほうがモテて、おまえはしょちゅうオレ宛のプレゼントだの手紙だのを預かってきただろう。けど、そういう女子はオレの表面しか見てないんだろうなって思ってた。オレを好きになるような派手な女子は、オレが一緒にいると自慢できて、オレが気分がよくなることを言ってくれるから、オレに近寄ってくるだけで、オレが理想と違ったり、嫌なこと言ったら、『そんな人だと思わなかった』って離れてくんだろうなって」

派手な女子は、そもそも弘凪のことなど相手にしない。

弘凪のように多くの恋愛下手の男子たちから見たら、華やかな女の子から次々告白される遥平のほうが、うらやましいだろうに……。

なのに遥平は目を細めて、つぶやくのだ。

「オレのこと好きになるのは、そんな女子ばっかで。けど、弘凪を好きになる女の子は、きっと外見だけで人を判断したりしない、賢くて控《ひか》え目で内面も綺麗な子なんだろうなって……。

弘凪が好きになるのも、そういう女の子なんだろうなって……」

それがうらやましくて、ねたましくもあったのだと。

「だからオレは、小山内を誘惑したんだ。弘凪が好きになった女の子なんだから、小山内は本物なんだと思った。小山内みたいな女子と話すのって、オレもはじめてだったから、どんな反応するのかも気になって……」

最初は軽い好奇心からだったのかもしれない。

けど、すず穂は遥平をどんどん好きになってしまい、遥平は弘凪に対して罪を抱えることになってしまった。

きっと、苦しかったのだろう。


──あのさ……小山内さ……。


『なんでもね』と弱々しい目でつぶやき『スカート短くなったよな』と誤魔化したあのとき、本当は弘凪にすべてを打ち明け、懺悔《ざんげ》したかったのではないか。

それは弘凪がそう思いたいだけなのかもしれないし、遥平の気持ちは別のものだったのかもしれないけれど。

遥平が顔をしかめる。

「なのに、小山内は簡単にオレのことを好きになって、どうして弘凪に好かれてるのに、オレの誘惑になんか乗るんだって、腹が立って仕方がなかった」

「待て、それはおかしだろう。好きにさせたくて誘惑したのに、好きになったら怒るって」

まるで、すず穂に弘凪を選んでほしかったように聞こえる。

遥平はヤケクソ気味に、

「ああ、でたらめだ。小山内のことひどい振りかたしたのも、オレが小山内にしたことを弘凪に隠すためと、小山内への八つ当たりだったんだ。オレのこと思ってたのと違うって離れてく女子のこと軽蔑《けいべつ》してたのに、オレ自身がまさにそんなくだらないやつだったってわけさ。マジ引くわ、オレ。うわーっ、ホント、くだらねー！　最低だわ」

と、弘凪に背を向けてじたばたし、頭を抱えて唸《うな》った。

それから、切なさのにじむ声でつぶやいた。

「古都のこと好きになったのもさ……古都のスケッチブックに、弘凪の絵が描いてあるのを見たからなんだ」

弘凪の心臓が、ドキンと鳴る。

床に落ちたスケッチブックのページがめくれて、ウサギばかりのページの中に、電車の中で本を読む弘凪の絵があったこと。あのとき、古都の気持ちを知って、罰を受けてもかまわないと思うほど心が燃え上がったのだ。

そのスケッチブックは、冴音子が古都を連れて行くとき一緒に持って出て行って、今は机の上にない。

「古都がウサギ小屋に置き忘れたスケッチブックを拾って、中をめくって、弘凪の顔が現れたとき、息が止まるかと思った。一体どんな子が弘凪の絵を描いたんだろうって……ものすごく胸が高鳴って、スケッチブックの名前を見て教室まで届けにいったら、派手になる前の小山内に感じが似た子が出てきてさ。もうそのとたん冷静な判断力とかなくなって、どうしてもこの子とつきあいたいって、それしか考えられなかった。小山内と似ているのに、古都は弘凪を好きになったから」

――全然似てねーよ、古都と小山内は。

ゆうべ電話で弘凪が、古都が小山内すず穂に似ているから好きになったのかと尋ねたら、声を荒げて似てないと否定した。

それは正解でもあり、不正解でもあったのだ。

古都がすず穂に似ていたから遥平は惹《ひ》かれ、似ていなかったから好きになったのだ。

弘凪に背中を向けたまま、熱っぽい口調で遥平が古都のことを語る。

「彼氏いる？　って訊いたら、いないって答えた。好きなやつは？　って訊いたら、黙ってもじもじしていた。多分弘凪のこと、電車で見かけて気になってたんだ。この子は、弘凪に気づいて、弘凪のこと見てたんだなって思ったら、体中熱くなって、この子にオレのことを好きになってほしい！　って思った。弘凪のこと好きになるような女の子が、オレのこと本気で好きになってくれたら、オレは自分のこと……くだらない人間だなんて思わずに、すむような気がしたんだ……」

しんみりするのは嫌だったのだろう。遥平が突然、体をごろんと反転させ、顔を上に向けて明るく笑った。

「それで口説きまくって、古都が乗り気じゃないのわかってたけど、お試しでいいから三ヶ月だけつきあってって言って、彼女になってもらったんだ」

――弘凪！　オレ、彼女ができた。

弘凪のクラスに報告に来たときと同じ、幸福そうな顔になる。

あのとき遥平は本当に嬉しそうで、輝いていた。

幸せを反芻《はんすう》しているような沈黙のあと、遥平が弘凪のほうへ視線だけ向けて、世間話でもする口調で言った。

「古都が断れなかったのはさ、オレが強引だったこともあるけど、オレが発作を起こすのを見たせいもあるんだ」

「発作？」

弘凪は驚いて聞き返した。

「おまえ、なんか病気なのか？」

「病気ってゆーか、たまーに吐いちまうことがあってさ。中二の秋くらいが一番ひどかったかな。いきなり吐き気がきて、おさまんなくて。うずくまってゲェゲェやってた」

中二の秋……。

小山内すず穂の事件があった頃だ。

遥平が授業や練習をサボったり、勝手にどこかへ行ってしまうのは昔からだったが、言われてみればあの時期は、特に多かった気がする。

（けど、遥平はいつもけろっとしていて、オレが捜しに行くと『出迎えご苦労』って……）

弘凪が顔をこわばらせていると、遥平が遥平の額《ひたい》に頭をごつんとぶつけてきた。

「あーやだやだ、悲壮な顔すんなよ。おまえに知られたら、きっとオレが小山内のせいでそんな風になったって、ますます罪悪感持ちそうだから、ひた隠ししてたのにさ。それにひどかったのはその時期だけで、あとは、たまぁにだから。おまえだって小学校の遠足でバスに乗って日光行ったとき、いろは坂でビニール袋握りしめて、青ざめてただろ。あれとそんなに変わんねーよ」

乗り物酔いで吐くのと、精神的要因で吐くのとは、だいぶ違うと思うが……。

額をひりひりさせてむっつりしていると、遥平がちょっと視線をそらして、けど普通の口調で続ける。

「で、最近またちょっと体調悪くて、発作が復活しちまってさ。ウサギ小屋の前で古都が来るのを待ってるときに吐いちまって。もしかしたら、おまえがオレの友達だってこと、古都に黙ってたんで、バチがあたったのかな」

罪悪感だったのかもしれない。

古都のスケッチブックに描いてあった弘凪の絵を、見ていないふりをして、弘凪に古都を紹介する前に、自分のほうへ気持ちを向けようとしていたことに対する。

ウサギ小屋の前で苦しそうにうずくまる弘凪を見て、古都は驚いて、背中をさすってくれたという。そうすると吐き気がおさまって、少し楽になった。

そのあとも、古都といるとき、発作は起こった。

「やっぱ、罰だったんだ。神様は見てるってやつ」

と、遥平は他人事のように笑ってみせた。

弘凪が目にした、ウサギ小屋の前でのラブシーン。うずくまる遥平を古都が抱きしめて、背中を撫《な》でていた。

あれも、発作を起こした遥平を、古都が介抱していたのだ。

「でも、オレはそのことを、利用したんだ」

遥平が真面目な顔で天井を見上げて言った。

古都の同情心につけ込んで、古都がいてくれたら発作も克服できる。だから治療につきあってほしいと最初にもちかけて、それを古都が了承したあと、また少ししてから、三ヶ月だけつきあってほしいと告げた。

古都の性格では、断れないことを知っていて。

「どんなみっともないことをしてでも、オレは古都にオレを好きになってほしかった」

熱っぽくつぶやく遥平の横顔には、古都に対する想いがにじんでいて、弘凪の心を切なさで満たした。

遥平が古都に執着《しゅうちゃく》する過程は、弘凪には理解しがたいものであったが、遥平は本当に古都が好きだった。

古都も遥平にたくさん優しくしてもらったと言っていた。いろんなところへ連れていってもらって、いろんなものを見せてくれたのだと。

古都にとって遥平は、きっといい彼氏だったのだ。

「弘凪に古都を紹介するとき、すげー緊張した。けど、三ヶ月のお試し期間つきでも、古都はオレの彼女になってくれたんだから、弘凪に傾いたりはしないって勝算はあった。まさか、弘凪のほうも古都を好きだったなんて」

そうつぶやいて、目を伏せてぼやいた。

「考えてみりゃ、すぐに予想できたのにな。古都は小山内に似ていて弘凪の好みだし、一緒の電車に乗ってて、弘凪が古都に気づかないはずないし、気づいたら好きにならないはずもないって。美術室ではじめて顔を合わせたときのおまえらを見た瞬間、ああ、二人は両想いだったんだなってわかって、愕然《がくぜん》としたよ」

あのとき、青ざめる弘凪と古都の前で、遥平はひたすら明るく振る舞っていたけれど、心の中では気が気ではなかったのだと。

そのあとも、いつ古都が自分から離れて弘凪のもとへ行ってしまうのではないかと、心配で胸が破けそうだったと。

「でも、きっと古都がオレを本気で好きになったら、小山内のときみたいに、どうでもよくなるんだ。オレはそういうやつなんだよ……」

遥平が目を閉じ、ひっそりと笑う。

それ見ていて、弘凪はますます切ない気持ちになった。

遥平の家は昔から両親が仕事で忙しく、いつ遊びに行っても大人はいなかった。小学生の遥平は一人でコーヒーメーカーでコーヒーを淹《い》れることも、オムレツやチャーハンなどの料理を手早く作ることもでき、弘凪を感心させた。

——うちは、放任主義なんだ。

と、弘凪にはわからない単語を、八歳の遥平はさらりと口にした。

仲間と遊んでいて外が暗くなって、お母さんに怒られるからもう帰ると誰かが言うと、

——へぇー。めんどくせー。オレなんていつ帰っても自由だもんね。夜中にコンビニだっていけるんだぜ。

と自慢した。

——今度オレ、どっか遠いとこに冒険に行っちゃおうかなー。どうせうちの親なんて、オレがいなくなっても気づきやしねぇさ。

笑いながらそんなことも言っていた。

うるさく束縛《そくばく》する親のいない遥平を、当時の仲間たちは、みんなうらやましく思っていたの

だけど……。

遥平が、

『どっか行っちゃおうかなー』

と明るい顔で言ったとき、その眼差しが弱々しく見えて、胸が一瞬だけ冷たくなった。そのことを、今、目を閉じて笑う遥平の横顔を見ながら、思い出していた。

こいつは本心を隠して笑ったまま、いきなりどこかへ行ってしまうんじゃないか。そのまま二度と帰ってこないんじゃないか。遥平といると、そんな不安にかられることが、たまにあったのだ。

遥平は弘凪のかたわらで、話し続けている。多分はじめて本音で。

「けど、古都は小山内と違って、オレのことを好きにならなかった。最初から弘凪のことを見つめていて、弘凪を好きになった」

昨日の夜、遥平は古都の家を訪ねたという。家の近くから携帯で呼び出して、ファストフードで話をした。

古都は弘凪と一緒にいたことを打ち明けたあと、遥平に向かって真摯《しんし》な瞳で伝えた。

「――弘凪のことが、好きだって」

遥平の顔も視線も、息をのむ弘凪をまっすぐに見すえていた。

哀《かな》しそうな瞳だった。

「だから、弘凪が受け入れてくれなくても、オレとはもうつきあえないって」

遥平は、約束の三ヶ月は彼女でいてほしいと食い下がったという。

帰宅後また古都にメッセージを送り、明日の朝、美術室で話しあいたいと伝えた。古都が遥平と二人きりで会うのをためらったため、事情を知っている冴音子に来てもらったらしい。

自分の知らないところで、そんなやりとりがあったなんて……。

(じゃあ昨日、遥平がオレの携帯にかけてきたとき、遥平はオレと冬川さんが一緒に学校をサボったことを知っていたのか)

昨夜、携帯で遥平と話した内容を思い返して顔を熱くしていると、

「古都と小山内は、違う」

もう一度、遥平が言った。さっきよりまた少し真剣な——さらに切ない目で。

「だから、古都はオレには振り向かなかった。弘凪が古都を抱きしめているのを見たときはカッとしたし絶望したけど……どさくさにまぎれて小山内のことや、オレが最低のやつだってことも言えて、弘凪にぶん殴られて、やっと……楽になれた。本当はさ……一生隠しておくつもりだったんだ……」

遥平が最後の言葉を、弱々しくつぶやき、背中を向ける。

少し丸くなった体が胎児《たいじ》のようで、片方の腕を目の上に乗せ、表情を隠す。遥平らしくない弱気な仕草だった。

二年間、遥平はどれだけの罪に苦しんだのだろう……。

弘凪が、自分がいなければ遥平とすず穂はうまくいったんじゃないか、遥平がこんなに長く誰ともつきあわないなんてこともなかったんじゃないかと、罪の意識に囚われ続けたように。

古都が遥平の彼女だと知ったあとも、古都と離れようとするほど近づいてしまうことや、遥平に対して小さな秘密を重ねてしまうことに苦しみ、この想いは許されない罪だと葛藤《かっとう》したように。

遥平もまた吐くほど苦しんでいた。罰を受け続けていた。

遥平が明るい声でつぶやく。

「オレ、このままサボるわ。授業出る気分じゃねーし。この顔じゃ、あれこれ訊かれるだろーし」

「オレは出席する。昨日、サボったから」

体を起こして立ち上がる。足がまだだるい。体もあちこちひりひりズキズキしているし、きっと鏡で顔を見たら、ひどいことになっているだろう。遥平が言うように、クラスメイトや教師にあれこれ訊かれるだろう。

それでも、いい。

「ホント、真面目だな」

遥平が、顔を隠して寝そべったままつぶやく。弘凪は静かに言った。

「遥平、どこへも行くなよ」

「……」

遥平は沈黙したあと、

「なんだよ、それ」

腕で目を隠したまま、少し声をつまらせた。笑おうとして、泣きそうになったように。

◇　◇　◇

教室へ向かう廊下の途中で、スケッチブックを抱えた古都が、うなだれて待っていた。

冴音子は見あたらない。

弘凪が近づくと顔を上げて驚きの表情を浮かべ、みるみる眉を下げて哀しそうな顔になった。

弘凪の顔が腫れたり切れたりしていて、制服もずいぶんくたびれていたからだろう。古都が罪悪感でいっぱいの目で、見つめてくる。

「向井くん……ごめんなさい」

「いや、もう終わったから。オレも、心配させてごめん」

お互いまだぎこちなく、言葉を交わす。

古都が眉を下げたまま、言おうか言うまいか迷うに、おずおずと口を開いた。

「……佐伯さんは、遥平くんはわざと殴ったのだって言っていたわ。そのほうが、向井くんが罪悪感を覚えずにすむからって……」

きっとそうなのだろう。

罪を犯した人間は、罰を受けることで救われるのだ。だから遥平は弘凪に罰を与え、自分もまた弘凪から罰を受けたのだ。

遥平が殴ってこなかったら、弘凪は殴り返せなかった。すず穂のことも、遥平はどさくさにまぎれて口にしたように言っていたけれど、あれも弘凪を怒らせるため、わざとだったのではないか。

一生隠しておくつもりだったとつぶやいた、あちらが本心だったのではないか。

なのに自分から古都を奪ってゆく弘凪が、罪悪感を覚えずにすむように、自分の卑劣《ひれつ》さをさらしてみせた。

それも、遥平が自分に科した罰だったのかもしれない……。

「向井くん、怪我、保健室で手当……させて」

「平気だ、一人で行ける。授業はじまるから、冬川さんは自分の教室へ行って」

古都の申し出を静かに断り、

「明日、いつもの時間に電車に乗ってほしい」

と弘凪は伝えた。

古都はかすかに肩を震わせたあと、スケッチブックを抱く手に力を込めてうつむき、

「……うん」

と、小さな声でつぶやいた。

◇　◇　◇

（弘凪のやつ、古都とちゃんと話せているかな……）

遥平が美術室の床に寝ころんだまま、不器用な二人のことを考えていると、上から怜悧《れいり》な声が振ってきた。

「――非常に腹が立つことに、わたしときみは似ているのよね」

腕をよけて目を開けると、腕組みした冴音子がしかめっ面で遥平を見おろし、立っていた。

そうして心の底からいまいましそうに、

「きみが考えていることが、わたしにはわかってしまうの。だから、きみが冬川さんとつきあいはじめたときも、あんまり不毛でむかついて、見ていられなかったのよ。きみがまるで逃亡中の罪人のようで」

叱りつけるような声を聞きながら、なんだか安心していた。

（……ああ、そうだ。オレは長い間、罪を暴《あば》かれることに怯えていたんだな）

それが暴かれて、ようやく楽になった。

古都が弘凪への淡い恋心を自覚する前に、弘凪の友人であることを隠して、押して押して、ようやく三ヶ月のお試し期間つきの彼女になってもらったけれど、二人が両想いだと知ってからは、いつ古都が弘凪のもとへ行ってしまうのではないかと、不安で仕方がなかった。

弘凪にわざと古都のノロケ話をして、牽制《けんせい》したりもした。

それでも古都は、遥平の目から見てもはっきりわかるほど弘凪に惹かれていって。弘凪に調理実習で作った菓子《かし》を渡そうとして断られて哀しそうにうつむいているのを見てしまったときは、嫉妬《しっと》で息がつまりそうだった。

ウサギ小屋の前で、菓子の包みを持って、しょんぼりしゃがみ込んでいる古都の後ろに忍びより、それを取り上げて、

——ねぇ、なんでさっき、これ、オレの友達に渡そうとしたんだ？　普通さ、彼氏に渡さねー？

と乾いた声で尋ねると、うろたえながら、向井くんに購買部でパンを買ってもらって、お世

話になったお返しなのだと言った。

――オレ、聞いてないんだけど。

オレの知らないところで、弘凪と会っていたのかと凶暴な気持ちになり、責める口調で言うと黙ってしまい、さらに胸がしめつけられて、

――弘凪のこと、好きなのか？

と尋ねると、びくっとし、罪悪感でいっぱいの顔で遥平を見上げた。

それが古都の答えだった。

足もとが崩れ、全身が冷たく凍りつくのを感じながら、遥平はさらに残酷《ざんこく》な言葉を口にしたのだった。

――弘凪はオレの彼女だけは絶対に好きにならないし、つきあったりしない。オレと別れても同じことだ。オレが彼女だと紹介した相手を、あの弘凪が、たとえなにがあっても受け入れるわけがない。古都がいくら弘凪を好きになっても叶わない。それでもオレと別れるのか？

ひどいことを言った。

けど弘凪には遥平を裏切れないことも、そのために古都が振られて傷つくこともわかっていて――。そんな立場に古都を追い込んだのが、遥平自身であることに、胸が張り裂けそうなほどの怒りと絶望を感じていた。

古都は青ざめたまま、声をつまらせていた。

古都と出会ってから、頻発《ひんぱつ》になった嘔吐《おうと》がまた込み上げ、うずくまる遥平の背中を、古都がこのときも一生懸命に撫でてくれた。

そんな古都に遥平は、別れたくない、ここにいてほしいと、繰り返し訴えた。

古都の優しさや、恩を感じた相手に誠意を尽くそうとする真面目さに、三ヶ月だけつきあってほしいと頼んだときと同じように、つけこんだ。

古都から取り上げたロックケーキを弘凪に食べさせたのは、古都に手を出すなと釘を刺したかったからなのか、それとも弘凪を煽《あお》って古都を奪わせたかったのか、わからない。多分、両方だったのだろう。

翌日、古都も弘凪も、学校を休んだ。

二人は一緒にいるのではないかと気が変になりそうだった。

夜、古都の家の近くまで会いに行き、古都を呼び出しファストフードで話をした。

弘凪と一緒だったことを、古都はあっさり認めた。具合が悪くなったとき、弘凪がたまたまそこにいて、付き添ってくれたのだと。

そのとき弘凪が、小山内すず穂について話してくれたこと。

遥平を、決して裏切らないと言ったこと。

——ほら、やっぱり弘凪は、古都を受け入れない。だからオレとこのままつきあおう。

それが古都にとって一番いいのだ。遥平の彼女でいれば、古都は叶わない恋に傷つくことはない。

絶対に古都を大事にする。古都を喜ばせて、幸せにする。

けど古都は前の日よりもっとはっきりと、迷いのない目で言ったのだ。

——ごめんなさい。遥平くんの病気のことは、これまでどおり力になる。でも、向井くんが好きなの。向井くんのこと、前から気になっていたけれど、それが好きって気持ちなのかどうか、わからなかった。けど、今は、わかる。だから、本当にごめんなさい。

——弘凪は、古都とつきあったりしない！

すると古都は、遥平がドキリとするほど淡く優しく微笑んだ。

――わかってる。向井くんは遥平くんのことを大事な友達だと思っているから、そんなことになったら向井くんが一番辛い思いをする。だからわたしも、向井くんにはわたしの気持ちは伝えない。

――な、なんだよ、それ。弘凪とつきあうつもりはないのに、オレとも別れるっていうのか。

――向井くんを好きなまま、遥平くんの彼女ではいられないから。

――オレがそれでもいいって言っても？

――ごめんなさい。

おとなしそうに見えて、古都は強い子だった。すず穂とは違った。だからもっと好きになった。

絶対に別れないと遥平は主張したが、それでも古都の決意を変えることはできなかった。古都を失うことと、古都の想いは叶わないということの、二つの痛みに引き裂かれそうになりながら、遥平は言った。

別れてもいい、ただし条件があると。

――もし弘凪がオレを裏切ってでも、古都を好きだとはっきり口にしたら、オレは古都をあきめる。

そんなことを言ったのは、遥平も希望を持ちたかったからだろうか。

古都の家からの帰り道、弘凪の携帯に電話をかけた。

弘凪の煮え切らない態度に苛立《いらだ》って、やっぱり弘凪では遥平から古都を奪うなんてできないと焦燥《しょうそう》にかられながら、また古都に電話して。

明日の朝、授業の前に会えないか？　二人きりが嫌なら誰か呼ぼう、佐伯さんに来てもらおう、あの人なら絶対オレの味方をしたりしないから、と約束をとりつけた。

そうやってどうにかして古都の気持ちを自分に戻そうとあがきながら、それでも願っていたかもしれない。

古都の恋が叶うことを。

あの弘凪が、親友を裏切る大罪を犯してでも『好き』と口にしたなら、それはなにがあっても揺るがない強い『好き』で、弘凪が本気を出したら自分は敵《かな》わないから。

ウサギがカメに抜かれるように、いつか弘凪に負けるときが来ると、ずっと思っていた。

遥平が一足飛びに駆け抜けてゆく道を、弘凪はコツコツと進む。遥平が怠《なま》けて休んでいる間も、コツコツとまっすぐに、ひたむきに。

昔から、遥平が部活やクラスの用事をサボってふらふらしていると、迎えに来るのは必ず弘凪だった。むっつりした顔で『戻るぞ！』と、遥平に声をかける。遥平は、いつも『ご苦労様』とからかった。

絶対に弘凪には教えてやらないけれど、遥平がサボっていたのは、わざとだった。弘凪が真剣な顔で遥平を探して迎えに来てくれるのが、嬉しくて。

あのバカ真面目で、不器用で、誠実な、弘凪の親友。

自分と正反対の弘凪にうらやましさと劣等感を抱いていたけれど、その価値を誰より一番わかっているのは自分だと、自負していた。

そして、カメは見事にウサギに勝利した。

（ほら、やっぱりおまえは、すごいやつだった）

弘凪が覚悟を決めて古都に向きあうなら、古都は必ず幸せになれる。

床に寝そべったまま、携帯で古都に『よかったな』とメッセージを送る。

おめでとう。

古都の無欲さといじらしさが、奇跡を引き寄せ、弘凪から愛の言葉を引き出した。


――遥平くんは、なんでも抱え込みすぎなの……。一生懸命に抱えすぎて、吐いちゃうのよ。だから……我慢せずに吐いていいの。その分、楽になるから。


ウサギ小屋の前で遥平の背中を優しくさすりながら、そうささやいてくれた女の子。

遥平だけが知っていた弘凪の良さを、濁《にご》りのない透明な瞳で見抜いた女の子。

彼女に恋してはもらえなかったけれど、抱え込んでいた罪を吐き出して、少し楽になった。

だから遥平は、どこへも行かない。

ここで罪を認め、罰を受けよう。

口元をゆるめる遥平に、冴音子があきれている声で言った。

「親友に殴られた上に腐った本性を暴かれて、彼女まで奪われて、それで笑っているなんて、きみはマゾだったのね」

言っている内容はひどいが、口調はさばさばしていて、どこか優しい。唇も頬もますますゆるんで、切なくて鼻の奥がツンとするのに、嬉しくて。

遥平は体を横に向けて、痛む腹を抱えて笑った。

「あはは。そうかも」

そうして、視線を冴音子のほうへ向けて、親しい友人に話しかける口調で言ってみた。

「あのさ、佐伯さんはオレの考えてることとわかるって言ったけど、オレも佐伯さんの考えていること、わかる気がする。佐伯さん、オレのこと、本当はそんなに嫌いじゃないだろう」

遥平のことを目の敵《かたき》にしている、変わり者の先輩。

けど、きっと自分たちは、とても近い。冴音子もきっと遥平と同様にひねくれた人間で、秘めた顔があるのだろう。

冴音子が黒く濡れた瞳で遥平を見おろし、答える。

「そうね……でも、きみは、きみを好きな女の子のことが大嫌いだし軽蔑しているでしょう。だから、きみのこと嫌いでいてあげるわ」

遥平は目を細めた。

「よかった」

エピローグ × 二人のはじまり

CRIME AND PUNISHMENT IN THE CASE OF MUKAI HIRONAGI

翌朝は、すっきりとした青空だった。

弘凪《ひろなぎ》は、いつもの時間に家を出て、いつもの電車に乗った。

適度に混んでいて、ほどよくすいている車両で、吊革《つりかわ》につかまり揺《ゆ》られながら古都《こと》を待つ。

昨日、一時間目の授業の最中《さなか》に、腫《は》れ上がった顔で教室に現れた弘凪を見て、教師もクラスメイトも騒然とした。

おまえ、その顔どうしたんだ？　と慌てる教師をまっすぐに見て、弘凪は落ち着いた口調で、答えたのだった。


――ちょっと、こぶしで語りあいました。

みんな唖然《あぜん》としていたが、弘凪は胸がすっとするような気持ちになり、たまには遥平《ようへい》を見習ってハメをはずしてみるのも悪くないな、と思った。

やがて、古都がいつもの駅で乗車してきた。

肩に通学鞄《かばん》を提《さ》げ、脇にスケッチブックを挟んでいる。今朝はうつむいておらず、ほんの少し頰《ほお》を染めていた。透きとおった瞳を晴れやかにきらめかせていて、弘凪と目があうと小さく口元をほころばせた。

古都にどう話そうか、どう気持ちを伝えようかと、昨日からずっと考えていた。けど、古都の手元を見て、どんな言葉も不要だとわかった。

古都が胸の前で持っている文庫本は、ティプトリーの『たったひとつの冴《さ》えたやりかた』だ。

(本当に、いつもかぶりすぎだ)

弘凪も頰をゆるめて、鞄から同じタイトルと装丁の文庫本を取り出した。

弘凪と古都が、はじめて手に取った古いSF小説。

これをきっかけに話ができたらと思って、今朝、自宅の本棚から抜き取って鞄に入れてきたのだ。きっと古都も同じ気持ちだ。

古都が弘凪の手もとを見て、ますます嬉しそうに微笑《ほほえ》む。

そのまま古都はドアの近くで、弘凪はシートの前で、それぞれ本を読みはじめた。

適度に混んで、ほどよくすいた車内で、かたことと揺られながら、同じ本の同じページをめくってゆく。

距離を縮めないまま、言葉を交わさないまま、ただ幸せな気持ちで丁寧《ていねい》に文字を追い、次のページをめくる。

電車が学校の最寄り駅に止まると、先にホームに降りた古都が、スケッチブックを脇にかかえ、本を胸に抱いたまま、はにかみながら弘凪を待っていた。

弘凪も本を手にしたまま、微笑んで古都のほうへ向かう。

お互いに、ゆっくりと歩み寄り、二人の距離を縮める。

新しくはじめるために。

あとがき

こんにちは、野村美月《のむらみづき》です。

ダッシュさんでは、はじめての本になります。いつもはファミ通文庫さんでお世話になっているのですが、去年から今年のはじめにかけて時間に余裕があって、嬉しくて、

「あれもこれも書いても良いですか？」

と、どんどん今年分の予定を入れていただきましたところ、さすがに九冊目で担当さんが手一杯になってしまわれて、

「すみません、これ以上は無理ですっ。次の企画は別のかたとお願いします」

と告げられてしまいました。

ファミ通文庫の担当さんは非常に優秀なかたで、たくさん助けていただいていたので、私一人で他社さんでお仕事をさせていただくのは、ご迷惑にならないか、きちんとクオリティを保って、読者のみなさんに楽しんでいただけるものが書けるのかと、ずっと心配でした。

けれど、ちょうどダッシュさんのリニューアル創刊に、お声をかけていただき、これもご縁と思い、新しいダッシュさん――ダッシュエックス文庫さんの創刊月に、執筆させていただくことになったのでした。

どうせなら、ファミ通文庫さんでは会議を通らなそうなお話にしようと、三本の企画を提出しました。番長の話だったり、動物と人間の恋愛ものだったりで、きっとダッシュさんも困られたことでしょう。

そんな中で、こちらの〝親友の彼女を好きになってしまった男の子〟のお話を書くことに決まりました。が！　女の子が主人公の男の子を取り合う三角関係が王道な、男の子向けライトノベルで、男の子二人にヒロイン一人というシチュエーションで書かせていただいて、本当に良かったのだろうかと、王道バトルが神々しく並ぶ創刊ラインナップを拝見して、冷や汗をかいております。あきらかに、私だけ浮いているのでは……。けど、なんでもありの創刊だからこそ、こうしてお届けできた本でもあると思います。

こんな本がここにあっても良いかなと、少しでも思っていただけたら、幸せです。絵は河下水希《かわしたみずき》様です。河下様が描かれる女の子は、可愛《かわい》くて繊細《せんさい》で、内にたくさん想いを秘めている感じが、ずっと大好きでした。引き受けていただいて、本当に光栄でした。

次は、来月一二月二六日に、ファミ通文庫さんから『吸血鬼になったキミは永遠の愛をはじめる』の三巻が発売の予定です。もし、ダッシュエックスさんのこの本で、はじめて私の本を読んで気に入ってくださったかたがおりましたら、他の作品も手にとっていただけたら、とっても嬉しく思います。もちろん、いつもの読者様もぜひ！

二〇一四年　九月二九日　野村美月

ダッシュエックス文庫

親友の彼女を好きになった向井《むかい》弘凪《ひろなぎ》の、罪と罰。

野村美月

2014年11月26日　第1刷発行

★定価はカバーに表示してあります

発行者　鈴木晴彦
発行所　株式会社　集英社
〒101－8050　東京都千代田区一ツ橋2－5－10
03(3230)6229(編集)
03(3230)6393(販売／書店専用)　03(3230)6080(読者係)
印刷所　凸版印刷株式会社
編集協力　株式会社ムーンエイジ

ISBN978-4-08-631006-2 C0193